温度是野生的

◎邓存波／著

陕西新华出版传媒集团
太白文艺出版社

图书在版编目（CIP）数据

温度是野生的／邓存波著．--西安：太白文艺出
版社，2023.1

ISBN 978-7-5513-2289-8

Ⅰ．①温… Ⅱ．①邓… Ⅲ．①诗集-中国-当代
Ⅳ．①I227

中国版本图书馆 CIP 数据核字（2022）第 237505 号

温度是野生的
WENDU SHI YESHENG DE

作　　者	邓存波	
责任编辑	曹　甜	
封面设计	书香力扬	
版式设计	书香力扬	
出版发行	陕西新华出版传媒集团 太 白 文 艺 出 版 社	
经　　销	新华书店	
印　　刷	成都兴怡包装装潢有限公司	
开　　本	880mm×1230mm　　1/32	
字　　数	100 千字	
印　　张	8.375	
版　　次	2023 年 1 月第 1 版	
印　　次	2023 年 1 月第 1 次印刷	
书　　号	ISBN 978-7-5513-2289-8	
定　　价	50.00 元	

联系电话：029-81206800

出版社地址：西安市曲江新区登高路 1388 号（邮编：710061）

营销中心电话：029-87277748　029-87217872

序

墨心人

《温度是野生的》这书名令人意外，但深想一层，却又是那么理所当然。

2022年清明节，邓存波在全网推出了由他作词的歌曲《老爸》，震动了千万颗心："天大大，地大大，比不上我老爸/山大大，海大大，还是我老爸胸怀大/老爸，老爸，没有您我如何长大/长大，长大，我要把老爸当人生的灯塔……"他以此歌寄托自己对因病去世的老父亲的哀思。我在这首歌发布之前，有幸先听了几遍。我说此歌若上某春晚，也会是里头的好歌，因为它与前些年那首《时间都去哪儿了》相比，不遑多让。随后他又写了另一首情意绵绵的歌词《湛江红树林之恋》，是献给妻子的。这让我看到了他诗歌情感的一种强调性质的改变：回归家庭。

2018年初，他的第一本诗集《温暖不老》出版。那时候我对他的诗歌的评价是："不做作，娓娓道来，朴实无华中自有一缕独特芳香。"时隔五年的这本《温度是野生的》，有哪些变化呢？我认为，朴实和真诚一直存在，真情实感依旧如故，而诗歌的韵味更醇厚了。读他的诗就像读他的人——真诚做人，真诚做事，真诚写诗。我们很容易在诗中领会到"诗歌是爱的载体"的意思。此载体的运行轨迹，不是从 A 处到 B 处，而是从过去到未来，贯穿人的一生，融入民族的血脉。因此，从民族文化的角度看，诗歌是一种传承情感的方式，传承着人间情爱，传承着忠孝气节及为人处世之道。它可以记录人间夜半无人时的私语，也可以直抒"达则兼济天下"的胸臆——这些都需要真诚，而真诚的基础，是对亲人的爱，是在家庭中体验到的喜怒哀乐。这些情感在诗中的表达，可以是不显山不露水同时又情深似海的，如他写于 2018 年的《我的最缺》中的几行：

　　母亲今年八十六岁
　　我不服大，她不服老
　　"孩子呀，整天东奔西跑的
　　趁我还能挪动，有空就回家
　　瘦肉青菜汤，番薯饭
　　老妈时时为你备着……"

　　我如今什么都不缺了
　　就缺母亲昔日的一头黑发
　　还有她光滑没有平仄的容颜
　　这一回，母亲能否让我如愿？

　　有这种爱的人，对根源是一往情深的。他在组诗《九条巷子》中，记录了家乡最初形成的情形："三百年前，两兄弟/九口人/每人搭一个茅寮/一条村/九条巷子。"那个有九条巷子的村子名叫"邓宅寮村"，在雷州半岛中部，我去过几次。村里祠堂供奉的最早的祖先，是两位女人——这是我所见所闻中唯一的一个以女人为最早的祖先的祠堂。邓存波诗中写的是"两兄弟"，我还不清楚这里头的故事，也没问他。三百年前，两兄弟（妯娌？）带着九个孩子来到了这里，搭起小草寮，顽强地生存了下来，并繁衍出了一个村庄。今天的邓宅寮村，九条巷子像九条源远流长的河流，还在汩汩流动。他告诉我，他是村里第一个大学生，录取通知书到达后，全村人连续三晚聚集在晒场放电影庆祝。我想象着那情那景，他们的庆祝应当也正告慰着三百年前的先人。

每年清明节，中国人都奔跑在回家的路上，就是为了祭祀祖宗。近三年因为有疫情，清明节基本不允许到陵园去了，但是不忘本的中国人，总有办法宣泄情感。比如诗集中的《修族谱》这首诗的最后一段："半夜里，我/似乎听到了呼声/先人的魂/在梦里，把我惊醒/祖先嘱托：再校验一次。"修族谱，邓存波作为从家乡走出来的文化人，自然责无旁贷。这一段诗行，正体现了作者在修族谱过程中的情感流动。而他对村庄的责任感，体现在更多的方面：村里修建道路、公园等基础设施时，他出钱出力；逢年过节回到乡下，他会提着食用油和米等礼物，挨家挨户去看望村里的老人，给每个老人红包。这些事情他做了很多年。

诗人当然不只是写自己的故乡，其笔下的故乡也可以幻化成千万个村子。《炊烟升起的火种》中，我看到很多村庄原生态的生活状态："我曾为一棵枯萎的龙眼树/哭泣。当看到一朵蘑菇长出来时/我再次为这棵龙眼树祈祷//然后有白蚁从枯枝里钻出来/一只小鸟获得了美餐//一位砍柴的农民走过来/枯干的树，成了炊烟升起的火种//晚饭很香。早起的阳光/像枯树长出的新芽。"这样的村子，人和自然和谐共生，是一个很大的循环系统，今天和千年前的某天，并没有太多不同。

我曾读过作者写的一首诗《我的一天》（没有收入此诗集），

看到了很震撼的一种情形。那首诗是流水账式的生活记录：清晨
起来，设置好行程软件便出门了，然后不厌其烦地详细记录这一
天的生活和工作，直到晚上回到家，点开早晨设置好的行程软
件，眼前的行程轨迹令他惊愕。他在其中看到了弯弯曲曲的河
流、四通八达的交通网、纵横交错的大小路线，杂乱无章，是他
一天的行动轨迹。继而在最后一段，读者被他带进了沟里：

　　我的人生地图，从会走路到如今
　　若设计成册，结集出版
　　似与不似之间
　　简单与复杂之间
　　快乐与不如意之间
　　多么厚重的一本书啊

　　凡人一生其实都这么厚重，只是我们以为无足轻重，没有留
意。因此，在每一个家庭中，每一个凡人都不凡，是顶梁柱，是
家人心目中的神。而这个凡人，一千年前每天早上出门采摘、狩
猎、耕种，每天晚上回家，日复一日重复着同样的生活——这是
一种责任。这不禁令人对我们自身陡生敬意，对身边的所有人陡
生敬意。是的，他们也和我们一样，是家里的神。
　　或者正因为这样，他在《一种物质》中写道：

　　我的灵魂已长在我全身的每一个细胞里
　　我不朽的信念，已洗礼了我所有的神经
　　我感恩于与我为邻为友为亲的其他物质
　　也同时感恩于我自己

我一生的努力

旅途中的诗，在本书中自成一辑。这是人生足迹的一部分，也是人生思绪的一部分。里头有一组与我有关的诗歌，总标题是《墨心人进藏》，讲述了我2020年8月独行藏地时的情形。这种写作属于思绪行走模式，虽不能至，心伴随之。那时我每天在群里分享路上见闻，群友因而自发搞起了"小墨进藏"诗歌创作接龙。一开始大伙儿都有点"玩"的成分，后来越写越认真，陆陆续续写了近百首诗歌，还进行了评奖。邓存波这组诗不是随性而写，而是做足了功课，像亲临一般。他后来对我说，我每到一处，他都很认真地通过网络去了解当地的情况，相当于是我一路走，他也一路走，他写了十几首诗，收录在这里的有七首。这些诗不光是记录了我的行走，也记录了他的思绪、我们的友谊——这也是人间的温度。

书中这五辑诗歌，题材丰富，表达手法多样，切入角度往往独到，因此在阅读过程中，屡有惊喜出现，是很好的艺术享受。从艺术的角度看，本书的成就超过前一本诗集《温暖不老》，这是可喜可贺的。清代的袁枚在《随园诗话》中说："文似看山不喜平。"并说"文须错综见意，曲折生姿"，"为人贵直，而作诗文者贵曲"。后人把他的话总结为"人贵直，诗贵曲"六个字。好多年以前，诗人王野据此写了四行诗："人贵直/诗贵曲/不能像写诗那样做人/也不能像做人那样写诗。"直是坦荡，做人没有那么多弯弯绕的东西；曲说的是技巧。曲径通幽处，禅房花木深。跟着一行行诗句走过去，每一步都赏心悦目。但是诗的"曲"，有着多种表现形式，而不仅仅是体现在句子上。有人把诗歌写得像谜语，把句子弄得艰涩难懂，整首诗读完，东猜西猜也不知所云，那不叫"曲"，而是诗人本身就不确定他想要表达什么。邓存波为人坦荡，为诗也一样，并不完全如古人所言。但是，人们在他的诗句里，往往能发现一些深层寓意，我认为这才是诗歌"曲"的本义所在。

《温度是野生的》，这书名理所当然。其实书名得自书中的一首诗，开头两句是这样写的："走出酒店，没冷气，但空气真实/温度是野生的。"这种感悟很有趣也很天然。阳光是野生的，飞禽走兽是野生的，在其他生物眼里，人类又何尝不是野生的？温度是野生的，那是大自然的温度，或温暖，或寒冷，又何尝不是人间炎凉的一部分？只是在人类社会里，还有着超越"野生"的情感，这情感始终是温暖的，不修饰、不做作，就像山泉水流下来，就像幼儿开口的第一声爸爸妈妈。这种情感不需要"曲"，越直白越直抵人心。

想起小时候妈妈喊出的一句话，像野生的鸟鸣，在村庄里天然生长——大多数时候我们几乎忘记了那句话——它无遮无掩地从母亲嘴里大声喊出来，一代代此起彼伏地响彻村庄、响彻华夏大地。白发苍苍时蓦然回首，那声音穿越时空，还在耳畔回荡，那温度还在心里暖着：

"狗娃，回家吃饭啰！"

2022 年 4 月·湛江

作者系广东省作家协会会员、湛江市作家协会副主席、湛江红土诗社社长。

目录

Contents

第五辑　四条勾鱼和三十八条黄刺骨鱼

第一辑

致敬阳光

致敬阳光

1

今天，小鸟比朝阳早起
朝阳比花早起
我比幸福早起

2

阴雨天已过
天空没有了浓雾
大地升起了热气

3

小村与旷野

小径与田间
无忧农事
小鸟飞来掠去
有阳光引着的心情
真美

4

听到了犁铧的声音
看到牛叫得热情
早春的鱼塘
已在冒泡

5

心跳的节奏
昨天编好的心语
埋进了沃土
豆角芽在春天的旋律中
上演了一段双人舞

6

柚子树的白黄色花蕊
让斑鸠孵化出一朵朵的芳馨

7

大地又醒了过来
阳光已通贯全身
枯枝脱掉了死皮
嫩芽又有生长的方向

8

阳光照在脸上
比一切物质都值得珍惜

2020 年 2 月 21 日

修族谱

我要沿着我的血缘
那条五百年流过来的河
一滴一滴地逆寻

看不到风景
一路都是散落的石碑
有时会遇上断崖

漫漫古道上
祖辈耕耘与生活留下的气息
每一页，翻动的重量
一个个铅字，一座座山峰
峰回路转，越走越沉

我不敢对着祖辈叹气
子夜的时光与桌面的文字
已很和谐。不能辜负

祖辈筑的山
堰塞湖，干涸的河床
枯枝落叶，埋在地下的朽木
一滴血
落在被人遗忘的
褪色的
烂纸屑里

半夜里，我
似乎听到了呼声
先人的魂
在梦里，把我惊醒
祖先嘱托：再校验一次

2018 年 5 月 22 日

红土地不冷

玉米地不怕冷

冬天又长出了嫩叶

苦楝树脱光了衣服

一树坚韧的种子，晾着个性

芒果树上的繁花，越冷越精神

甘蔗林还没来得及收拾，一垄垄凌乱又甜蜜

没空的红土地，已赶在早春

许下了来年全部的热情

老父亲的大红包

八十八岁的老父亲

大年初一向我要一个红包

我给他一个大大的新年祝福

他说，今年我什么都不要

请给我一盒口罩

我要戴着它过新年

给我备足一个春节的食物

我要自己隔离自己

给我一台电视机

我想第一时间看到疫情相关新闻

教我如何发红包

我要随时响应祖国的号召

给我把不能放的鞭炮和新春对联放好

我要期待着

冠状病毒被彻底隔绝的那一刻

我想重新过一个没有瘟疫的年

喜鹊：生活就是歌唱

首先，我的名字
不如喜鹊好听

再者，我不如喜鹊聪明
我总是翻着日历过日子
可喜鹊看着日子就会过日子

我也不如喜鹊勤快
小寒了，我只想躲在被窝里过冬
喜鹊却在寒冬腊月里
把自己的巢筑在风口上

我更不如喜鹊乐观
我常常因为生活的杂音
惧怕喊哑了嗓门
喜鹊一天到晚都在练嗓子

即使没有伴奏

依然觉得生活就是歌唱

北桥公园的早晨

刚绽放的一朵三角梅
一只只蜜蜂、蝴蝶
在花蕊上，伸腰，踢腿，扭屁股
转圈，歌唱，做俯卧撑
花蕾看着都涨红了脸
南桥河的水，一直在拨弄古筝
暗合了晨跑的步数
和花开的节奏

羞答答的白糖罂

湛川人的火红日子
天天都挂在荔枝树上
站在历史的高处
可以俯瞰一千四百年来的祖祖辈辈
如何把沧海变成河谷荔枝园

湛川人火红的理想
架起一架架务实的梯子
不长也不短
爬上去，伸手就能把幸福摘下来
打包成一箱箱夏天的热情
以爱的方式，快速传递

湛川人的火红生活
都种在肥沃的红土地里
白糖罂像一个个未出嫁的闺女

年年都拼命似的赶季节
都想在五月里披着红头巾
羞答答都想嫁个好郎君

今天开海

茂名有一个电白
电白有一个博贺
博贺有一个渔港
渔港有一群疍家人
一千年的传说
海是不老的博贺

这里的山在对面
这里的海在门前
这里的船像一个个疍家的家
这里的人一个个都像一艘艘船

博贺的人都很浪漫
从外面来的人都要踏上一条
浪漫大道
博贺港就是一个从历史走来的浪漫情人
戴着疍家帽的女孩是一朵朵海花

披着疍家风景的男人都是一个个海神

今天是一年一度的开海节
港湾浪漫温馨的不止是海风
所有进进出出的人和车辆
甚至停泊休养了三个月的渔船
都亢奋地在太阳底下过节
举在半空的飘色笑嘻嘻地舞过来
一条条喜龙和一头头醒狮
尽情在互逗你我。看祭海的人
如何在神的面前甜美歌唱
看幸福到来之际
疍家人是如何的慷慨激情

渔船都装上了出海的工具
出海人的晚餐足够丰盛
一个八百米长的码头，同船并排着
同海并坐着，六百六十六桌的饭菜
七八千人的晚宴，疍家人吃一半
南海的神吃一半

一条跨海大桥正在合龙
海的这边已经连着了山的那边
太阳从此有了早起的大道
也有了晚归的通途
博贺从此有了一架钢琴

放鸡岛听说就是一个装着想象的篮子
疍家人的明天，就是
一手开着渔船，一手弹着浪漫曲调的现代人生活

古松林

我与它同龄。我们长在同一块土地上
读小学的时候，它的个子超过了我
我不喜欢它的头发，又长又尖好怕人
某天，月光很清，回家时经过它
呼啦，呼啦，呼沙沙
天都黑下来了，旷野乱茎，哪来的歌声？
我不敢往后看，腿越走越软
老人说，这片松林鬼魂多

我走出村庄后，松林已成为林业的一道风景
每次回家穿过它，就像穿越一段老时光
我也因此弄明白，童年听过的鬼叫声
原来是风吹松林的声响

在雷州半岛这片红土地上
能傲然挺立半个世纪的树木
除了农村一些古树名木，谁有它长寿

我对这片松林，厌之少少，爱之极多
它香啊，那种别样的浓香之气
村子里为什么蚊蝇那么少，这与松香一定有关系
松子、松叶、松皮，甚至松林的土地
那可是一片撒宝之所啊
掉在地上的都是可用之材
虽然不能收为己有，但看着它，闻一下，甚至
触摸一下都能让你心旷神怡

第一次来到车板镇

第一次来到廉江的车板镇

第一次经过名字从左从右读都行的村头村

第一次坐车而不是骑马经过的踏马田村

第一次听说松明村也有东坡亭、聪明井

第一次来到沙仔路村，不见沙仔路

只见丽景湾，一条风景如画的硬底路

第一次见到这么平静的一个海滩

休渔季，渔船都跑到绿荫底下乘凉了

人可以在烈日下三五成群欢快地踩海

多浪村一直通向大海吧，这里的海浪应该很多

第一次吃到用章鱼煮的米饭

一大碗的米饭，一半是章鱼

另一半才是金黄的米粒

第一次看到车板人的手艺

番薯粉也可以用蚝肉炒

车板镇有二十七公里长的海岸线，五万人的一个

小镇

美食满席

我吃着丽景湾的美味佳肴，想着名教河的来由

第一次看到天后宫

一条龙柱分为两间：右边是三王庙

左边是天后宫

三王庙的口气真大：三界光同照

王仁播四方

天后宫更神气：天恩潭海国

后泽遍山村

左手一抱，北部湾尽收眼底

右手一揽，半个英罗港都是自己的

炊烟升起的火种

我曾为一棵枯萎的龙眼树
哭泣。当看到一朵蘑菇长出来时
我再次为这棵龙眼树祈祷

然后有白蚁从枯枝里钻出来
一只小鸟获得了美餐

一位砍柴的农民走过来
枯干的树，成了炊烟升起的火种

晚饭很香。早起的阳光
像枯树长出的新芽

做中国人真好

用刀和叉吃了一顿饭
煎的猪肉，一大块
叫猪扒
煎的牛肉，叫牛扒
煎的鸡肉……
扒，是不是趴下来的意思？

南瓜，捣成汁了
糊糊的一小碟
叫南瓜汤
罗宋汤？这个不好理解
似乎有中餐化的倾向
炒意粉，这个
完全是中餐的做法、叫法

猪、牛、鸡、南瓜、意粉
看不出中西

可见食物是不分国界
不论东西南北的

我总结了一下：
所谓的中餐，抑或西餐
只是筷子与刀叉的不同而已
如果把一只烧鸡，或者烧猪
摆上来，让吃客改用刀叉
一块一块切开叉着吃
这算不算西餐

我极少到西餐厅去
原因不是我不懂用刀叉
扒在一张太讲究的桌面上
我这个用惯了筷子的人
吃过大鱼大肉的人
喜欢喝汤，爱啃骨头的人
真的不习惯，一边听着中国的音乐
一边吃着叫"西餐"的晚餐

做中国人真好
想吃辣，就上湘菜馆
想清淡，就点粤菜
想吃地道的烤鸭
就坐高铁上北京去

修车记

车子一旦生病
它走不动
我也不想走动了

有时，急了
我倒希望自己病了
车子千万不要生病

我在设想
没车子的日子
我是如何走过来的

也在扪心自问
我那双曾经会走路的腿
为何已经举步维艰

车子病了，就是我病了

把车子开进修理厂
好像自己也要一起住进
医院

致深坑西村

雷州的泥土，大半是艺术生命
活泼的，笑着，喊着
以一种思想
一种思维方式
在远古的红土路上，漫步

深坑西村，南渡河
把母亲的乳汁，一滴一滴挤出来
和着地下两米深的灵魂
捏出的碗、盘、碟、杯、罐
炉、灯、砚等
日子开始有了各种各样的形体

明代，离雷州古城有多远
离深坑西村有多远
在古村邦塘，就能闻到
深坑西村人噼啪烧瓷的柴火声
就能看到开窑后，被烤红的笑脸

听到被熏黑的劳动号子

隔着时空，六百年后
我的脚板轻轻地触动一座古窑的神经
一千两百多度高温的瓷器上
播放着陈年的录像
虽然断断续续，残缺不全
时光裁剪编辑的效果
我被当作观客，让历史取笑

顿失记忆。站在历史的河畔
虽然已经干涸
没有浪花的河流，却依然
有帆的影子
那烧好的瓷器中
我的祖辈对着酱黑釉三足炉
还有高足杯，正烧着香
在为今天的我们祈福呢

也许，雷州的文明
海水哺喂的只是一半的灵身
只有南渡河愿意开疆拓土
所到之处，土地都能站立起来
活成雷州人的模样

一种物质

我只是偶然地，成为我

即使我有一天变了形体
我的全部，或一部分
会变成与我毫不相干的东西
比如一缕空气
一块石头，一抹尘埃
但我坚信，我还是我

我的灵魂已长在我全身的每一个细胞里
我不朽的信念，已洗礼了我所有的神经
我感恩于与我为邻为友为亲的其他物质
也同时感恩于我自己
我一生的努力

无论形状，无论悬在空中，飘在大海
凝固在大地之上

都无所谓。只要这物质里头
仍旧保留着文字的香味
仍旧储存着诗歌的磁场

即使下雨，我也要拍

今天一定要把一朵花拍好
不拍绿叶小草，不拍高楼大厦，不拍山川河流
也不拍蓝天白云

就拍南桥河北桥河边上盛开的三角梅
就选千朵万朵中的一朵。并且
一定要把它置于黄金分割线上
其他，留白

没有光线我也拍，拍它的正面
拍它的形状，拍它绽放时的笑容
即使下雨，我也要拍，拍它雨中独立的泪水
拍它风中不凋的坚韧，拍它无人欣赏的自我

阳光出来，无论早晚中午，我顶着烈日
也要拍它。顺着光
拍它的美颜，逆着光，拍它的骨感

侧着光，拍它的精神

我拍它尤其喜欢用长镜头、大光圈
用小小的景深把心爱的花朵拍出一幅
世界上，独一无二的绝代——精品

我的最缺

我是如何有我的
母亲说，想了就有
我是如何有母亲的
母亲说，想了就有

母亲说，我是她的心头肉
我不信
母亲是接生婆
有一次，我陪母亲去接生
母亲从一位母亲腹中
抱出一个会哭会啼的娃娃
"这就是母亲的心头肉！"
我终于确信无疑

母亲说，我是她的心肝宝贝
我不信
兄弟姐妹这么多

母亲羸弱的身子能装下多少呀
七岁那年，我被牛车砸中昏死了过去
听亲人说
母亲因此怆天恸地，昏倒了几回

母亲说，我是她的唠唠叨叨
做什么事都不让母亲放心
"都年过半百的人了，还像个孩子！"
在母亲面前，我永远长不大呀
母亲也不想让我长大

母亲今年八十六岁
我不服大，她不服老
"孩子呀，整天东奔西跑的
趁我还能挪动，有空就回家
瘦肉青菜汤，番薯饭
老妈时时为你备着……"

我如今什么都不缺了
就缺母亲昔日的一头黑发
还有她光滑没有平仄的容颜
这一回，母亲能否让我如愿？

风水塘

与村子同龄，与古井同岁
先祖造出了一个太阳
也同时造了一弯月亮
盛满了一年四季。阴晴圆缺里
光阴的深浅荣枯
每一滴水珠
都养活着一个故事

这一盆显影液
一代代父老乡亲的容颜
母亲用勤劳养育的风水
父亲吆喝犁铧画下的五行
三百年的祈祷
希望从不干涸

第二辑

行走的诗

宝岛行（组诗）

从澳门到台北，我心飞翔

离开了家乡
我的心飞向了你
把你背井离乡的愁绪
用诗，洗礼

飞机将要掠过南海
我的想象早已脱缰
茫茫的寰宇，蓝蓝的都是家乡

在祖国的版图上
你是一弯月，一块碧
白云之下
你是太平洋上的一个感叹号

亲情的引力，是一块磁铁
那弯弯的诗句
我看到的汉字成了繁体
我的话语成了闽南口语

海风从四面吹来
好清爽啊，太平洋的空气
电影中的画卷
电视里的视频
今天，我终于身临其境

台湾，我梦中的那一个宝岛
那一方椰林
是我童年一直印着的记忆……

宝岛初遇

阳光下
你就是你。从桃园始
城市很低调，郊区都自信

白鹤的冬季，春天刚过不远
乡野的河或湖泊
没有闻到现代科技带来的杂味
很纯，原生态

台北的冬雨

没有风，一切由心

台北故宫博物院，藏在绿色中

文物的天空，繁星闪烁

观赏的脚步摩肩接踵……

冬雨淅淅沥沥

隔窗看雨。在台北的一个下午都浸在历史里

从战国到民国

摆在玻璃橱内的文物，灯光下

我把眼睛尽量睁开

台北的冬雨，迷迷离离

晚上的街灯，没有广州的鳞次栉比

稀疏间，大巴车的珠帘

晶莹剔透，故乡在这里

匆匆的行人，黄色的脸很多

一处故乡，两地相似

与台湾初遇，没有惊讶

很真实。你还是你……

东行花莲

一只海豚

游在太平洋，五百年不靠岸

我想读透你
从头到尾
从东到西，或从西到东
一千多公里……

桃园很新，经过台北
宜兰苏澳新的火车，弥足珍贵
二十世纪八十年代的铁轨
载着当代的动车
很幽很静，一条条古龙穿洞
山很多，隧道吸着你
东澳，武塔，和平……
古龙出山
东太平洋海岸开始精彩

站与站之间
很短，很小
动车偶尔闪过
山水中唯一的现代科技的
跫音……

山让海摇摆
水天一色的对面
山很翠绿，海豚的腹地

再往前，就是花莲……

成功，你是什么表情

能留住神仙的地方
三仙台，背靠大山
面朝大海
黑石沙滩与湛蓝的海浪
沙沙沙，嘻嘻嘻
难怪八仙过海
铁拐李、吕洞宾、何仙姑
乐不思蜀，留在了这里

听说何仙姑喜欢蓝天碧海
铁拐李喜欢沙石掀浪
吕洞宾喜欢鱼儿戏水
他们唯独不满意
八仙洞不够神秘
成功渔港躺着太多的死鱼……

成功为什么扬名
与民族英雄郑成功有没有关系
八仙步桥专为凡人架起通仙之路
三仙里住着阿美族部落
传说，只要有诚心

走过仙人桥，来到三仙台的人
都可以成为仙……

这里的渔民很勇敢
太平洋这么深的海
鬼斧头、红旗鲔、金枪、鲨鱼……
在这里，满地都是稀贵的海鲜
一堆堆，一排排
不论斤两，不讨价还价
贴上你的"吉"字"福"字
嘻嘻哈哈，皆大欢喜……

郑成功是民族英雄
英雄是吃鱼长大的
神仙仁心，英雄血性
难怪成功的海滩
遍地的沙石，一波接一波的海浪
一会儿哭，沙沙沙……
一会儿笑，嘻嘻嘻……

成功，听不懂你的闽南腔
却看得懂你的表情
憨厚中的诚信，勤朴中的勇气
你的巨轮，一头直指太平洋……

垦丁多情

台湾海峡的风
夹着巴士海峡的云一起吹过来
垦丁，我激情的脚步站不稳
再来一阵更大的
把我掀起来……

台湾海峡的波
伴着巴士海峡的浪一齐奔腾而来
垦丁，我站在你的海岸
咆哮吧，该你激动
把我拥进你的怀里
让我饱尝你墨绿的神奇……

热带的垦丁啊，我冬天里来
你用凉习习的风，白花花的浪
绿油油的千种珍树
还有蓝天白云和细雨绵绵
考验着我对你的深情？

垦丁，我第一次会你
你第一次见我
在岬角，在鹅銮鼻，在猫鼻头的对面

你的绿草地

你的珊瑚礁石山

你的金海岸……

垦丁啊，雷州半岛离你很远

恒春半岛离我很近

你从西北望过去

我从东南看过来

我们遥遥相望，彼此同心……

与花莲轻轻触摸

在细雨中，花莲的大街小巷

很滑。脚下都是精美的大理石

很美。眼前都是大小精灵

听说，这里的石头会说话

我来了，在风雨中

只想听到海浪与沙石亲吻的爱语

七彩潭，穿过花莲的海岸

连着海边的花莲

此岸到彼岸

面朝一万多公里的蔚蓝

望不尽天海一色的遥远

从夏威夷翻滚而来的浪花

唯有花莲用大理石垒筑的海堤
可以任由千年拍打

一湾景致，旁边是花莲军用机场
但游人只喜欢雨中的石沙滩
还有七色的脚底
多想把这里的玉石抱回去
导游说，不行
这里的石头一块抵千金……

也罢。石头这么神
海水应该是免费享用吧
我甩开雨伞，扑向一浪白一浪绿
这海碧绿
像夏天的绿叶
这海水我如何敢践踏

我收回贪婪的眼神
花莲的土地，很滑，很美
细雨斯文得体
我不敢放肆怂恿我的欲望
来到花莲，舔一下这里的风味
沐一下这里的细雨
谛听一下这里海浪与石滩的情语
已足够让我，一辈子回味

在台南追赶夕阳

这里由海陆化的大片湿地
各类生物繁衍生息，这里
不仅仅是人文的风景

秀色可餐，农庄可餐
蓝天白云下台湾海峡的东岸
一围海，一片林，一排篱笆
下午两点，饥肠辘辘
台南的农家乐，环保绿色的餐桌
周围的池塘、石磨、路灯、红花水闸
饿了看风景，饱了赏美景

这里也有亚马逊河，假的
跟真的　样，排着长队
穿着救生衣，坐着小船
一条河，两岸树
头上森林，船下倒影
画里游船，船上看画
有鹤鸟自在，有鱼虾敬礼

河边的大众庙，威武庄严
斜阳下，腾云驾雾

香火袅袅，众神婀娜
麻雀跃跃，游人匆匆

台南的夕阳，台湾海峡的彩云
大陆的和风，两岸人民的愿景
站在海河交汇的桥上
眺望海峡的那头
暖融融的冬日晚霞
忙碌的身影，海面很平静
水天灿灿的五颜六色
一卷卷的巨浪扑来
霞光涌起缤纷的世界
追赶夕阳的拍客
咔嚓咔嚓的快门
把台南的温馨尽情挽留

走在高雄的街上

夜临高雄
静静的街面，大东站
地铁叫捷运
名字是人起的，地下的铁路
快速的运输工具
历史挂满了角落

夜深了，高雄的夜风

凉意从街的尽头吹来

一位吃槟榔的人，满嘴"鲜血"

这里的司机大佬说

嚼槟榔，有精神

白天的高雄

为什么叫"打狗"

摄影大师郎静山，德艺双馨

纪念馆不大，摄影艺术的天堂

谁说摄影比老婆重要

是谁开创了画意摄影的先河

一百零四岁的郎静山

让中国摄影学会在高雄不断壮大

美丽岛站光之穹顶，在白天里五彩缤纷

听说是意大利人的杰作

把废了的旧厂房

改成驳二艺术特区，很流行

不要在这里拍彩色照

黑白的线条比画意抽象

铁丝的造型，人的脸谱

那一地的影子，高雄人的特征

艺术书店，书里的不如窗外的

涂在高楼上的猫人

人非人，猫非猫
小车排成队，挂在路边晒的工人的衣服
高雄港，中华海员宿舍
让人联想，民国的电影
这一路走来
我似乎也成了故事里的主角

桂林诗章（组诗）

广西师大，除了回忆

大门，还是那个大门，只是换了新装
楼，也还是那幢楼，只是变了主人
树，也还是那一排树，只是不仅仅是桂花树了
路，也还是那条路，只是弯的变直了，小的变
大了

我似乎看见了自己在那个足球场上
在中文系和化学系的那场比赛中
我带球破门后，摔倒在草地上的那个姿势
那疼痛，还在呐喊

我的饭堂不见了，我的小卖部不见了
我的小路不见了，我那个晚上，跳完舞之后

躺的那片草地也不见了，只剩下现在的一个将西
沉的太阳
还有已经醒来的满天星辰

我上课的那个教室已经亮起灯来了
那个坐在书桌前面的人，那个穿着喇叭裤
留着长头发的广东仔
那个瘦得只看见一副眼镜的同学
肯定是我了。我最喜欢坐在中间一排的位置
因为，现代汉语老师总是习惯叫最后排
要不就是最前排的同学回答问题

我有许多的恍惚都留在了桂林的三里店
我有许多的看不见，必须透过桂花树的光影折射
出来
我有许多的故事，必须走上去打听
我的师弟师妹
三十年前，这里发生的情节
只能，也只有他们可以帮我口述

405宿舍，就像广东和广西
汉族和壮族。湛江、北海、贺县（贺州）、梧州，
灌阳和武鸣
金银铜三结拜。大专和本科
煮出来的一锅杂菜煲五味杂陈

李远征的爱情诗，一行行的尽是诱惑
尹斌的吉他独奏曲《雨滴》，我是躲在蚊帐里偷
偷学会的
黄实大哥真的像我们的大哥
老实得让人不敢在他面前说谎
刘坚似乎是一个全才，什么事情都能看得一清
二楚
王卫像一个孩子，白白嫩嫩的，足球踢得最好
劳和悦就是"老爷"，许多笑话都是他编出来的
我就是我。达尔丢夫是我还是李远征？
现在还找不到答案。邓文强独来独往，逍遥在外
他只是他自己

独秀峰是我的，也不是我的
漓江不是我的，也是我的

只有西山的烧烤
叠彩山的秋色，芦笛岩的竹笋
七星岩的壮士，通山的一线天
尧山的杜鹃，象鼻山的象鼻
还有那条不知名小溪里的田螺
那个泥味，至今还留在我的舌尖上
和记忆里

广西师大啊，三十年之后
你还是你，我也还是我

岁月驮着你我，像七星公园里的那一头骆驼
还一直走在路上……

恭城，除了柿子

梧州只是路过。贺州的姑婆山不见姑婆
黄姚古镇只看见一串路牌，一路都是
弯弯曲曲高高低低的绿。车子像一条南海的鱼
从一片海游进了另一片海

这条疲惫的鱼，终于游到了恭城一个叫莲花的镇
镇上都是人和柿子
路的两旁和山上都是柿子和人

游览了一道人和柿子构成的风景
柿子裸着橙黄的肌肤，诱惑着不想吃柿子的人
想吃柿子的人，听导游说最多只能吃两个

我吃了一个新鲜的柿子，还吃了半个柿饼
剩下的半个指标，同游说，游了一天
从六百公里远跑来，图个吉祥
又和别人分了半个

桂林，除了山水

山，越看越矮了
水，越瞧越浅了

是山老了吗，还是城长高了？
是漓江瘦了吗，还是船太重了？

我多么想，桂花树永远是三十年前的样子
永远也长不高，永远也别长得太矮
永远都那么荫，那么稠密

我多么想，独秀峰永远就是三十年前那样孤寂
永远都别太热闹，永远都那么像书生
永远都做自己的王城，永远都像桂林的一支妙笔

我多么想，桂林米粉永远是三十年前的味道
永远都是那么滑口，永远都是那几粒花生米
永远都不那么咸那么辣

我不想解放桥变得又大又宽
把山水都挤扁了。象鼻山变得梦幻
把神象都吓呆了。伏波山的石雕变得又粗又糙
孤孤单单站在漓江边上。叠彩山的脸色变灰了

没了流光溢彩，如何叠彩
西山的石头空对落日，别真的成了西山
尧山的杜鹃花别只等到三月
别只为一尊睡佛而开

漓江，除了自己

千万年前，牵着九头牛
我就是一个牧童。放牧在绿水青山间
我陪着我的父亲和父亲的鸬鹚
在江边乘着一排竹筏，让母亲的炊烟袅袅升起
我帮着望夫石母子，找到了杨堤村
一家人从此过上团圆的日子

仙人石带着我顺流而下
我来到了竹林深处，仙人说这里是浪石村
仙人住的地方可真是一方世外桃源啊！
大黄山做的门牌，笔架山上架着一支笔架峰
观音山的左左右右前前后后簇拥着狮子山兔子山
金鸡岭
我是不是来到了天上

浪转路回，雾锁云遮，山隐川藏
我终于迷失了来路。仙人说送给你一匹马
继续往前走，这匹马能跋山涉水

能带你走出梦幻，这匹马把我送了回来
一夜之间它却变成了价值连城的九马画山
赠给了我。马啊！你原来就是仙人

我还是我，即使我也成了神仙
我披一件黄布滩，点缀一身的翡翠绿
挂一条金项链
我要成家了，我要用自己的山歌
打动我的阿牛哥，我要在阳朔住下来
就住在西街上，就住在月亮山的旁边
就住在那棵我们对歌的大榕树下

注：猫儿山是漓江的源头，象鼻山、九牛戏水、望夫石、仙
人石、杨堤风光、浪石村、九马画山、黄布滩、阳朔的西街、月
亮山、大榕树等皆为漓江上比较著名的景点。

尧山，除了缆车

一条链带着一座城，上了尧山
又是这条链带着一座山，还给了一座城

山在雾中，山在人中，城在山中

我比睡佛看得远。缆车在我的脚下
一条徒步的羊肠小道，比缆车爬得更高

一条滑翔道，比鸟儿飞得更自在

三十年前，这里满山遍野都是杜鹃花
三十年后，这里是座新城

桂林，何时起
把尧山供奉成一尊佛了
不见了荒山野岭，只剩下一山的缆车

象鼻山，除了象

除了象还是象
看着山我忘了象
想着象，我却忘了山

只有神话可以解释这象是怎么来的
只有这座山可以见证
这头神象它为什么像一座山

如果神话是真的，这头象就不是神象
如果这头象不是神象，这座山就是真的

那天晚上，我喝了一口漓江水
做了一个美梦，自己也变成了
一头神象，也站在桂林的漓江边上

阳朔，除了白天

阳朔的白天，让一朵朵云给遮住了
只剩一个月亮和满江的星星

西街，似乎是从天外来的
它就是天上的一条银河
刘三姐和阿牛哥就住在这条天街上

这里没有白天也不见黑夜
不见山，也不见水
只有岁月的河，倒映着人间的海市蜃楼

十里画廊，只有一幅画
画里的古榕树一千年都长不高
也不见老。山是山吗
水是水吗？那一首山歌
把水唱睡了。和山睡在一起
难怪了，这里为何
处处都是它们的祖辈、父辈、子辈、孙辈

我在遇龙河遇上两条龙，一条在水底
一条在水上。晚上，我明明站在
西街青瓦白墙的尖屋顶上。我却被龙缠上了

舞了一整夜。睡在山脚下

我一直梦着天上的人间

西江行吟（组诗）

四会的情

小车突然改变了方向

肇庆工业区大旺高速出口

听朋友说他亲爱的儿子就读在这里的一所信息

学院

我们的目的本在前方的肇庆

既然从四会经过

亲情的吸引力比我手上的方向盘还要坚定

朋友不会开车，送儿子上学是一起坐班车来的

大旺不是办高校的最佳之地

四周的形容相貌，都是工厂车间货物产品的印记

四通八达的交通网络

稀稀落落的建筑工地的车辆

礼让我们的总是车后的尘烟、坎坷、泥泞

通往学院的招牌突然不见。陌生的地方
前进的方向从清晰到不知如何继续
朋友想给儿子一个惊喜。湛江到四会
并不是想来就来的距离。世间所有的感动故事
没有一个是事先安排的结局
想不到的感动，可以让人一辈子无法忘记
朋友就是冲着这一人间哲理
一直忍着不给儿子任何来看望的信息……

但车真的无所去向。我们迷路了
"学校就在山的那一边，沿着山的方向走，应该
不会错的……"
山在哪呢，哪座山呀
大旺并不是繁城闹市
在大路上，来来往往的不多的大车小车
"邮政储蓄"的保安很热情
给我们指手画脚地强调和明示
大约八九公里的路程
前面第二个红绿灯向左，就一直开过去

在修的路很烂，甚至前进的路被卡住
到学院的大字豁然于眼前
电话那边却传来了儿子的声音
"老爸，我今天没课

和朋友相邀到广州天河来了！"

"这是真的吗？我已来到你的学校

同学们都还在上体育课呢

你怎么不遵守学校的纪律……"

父亲的热情挚爱之火立时被凉风吹熄

"老爸，真对不起！你应该提前告诉我

我得好好在学校接待您……"

"儿子没事，我只是路过……"

肇庆的旧同事

西江行的第一站本定梧州，要路过肇庆

就不得不向黄生打招呼。这下可好

黄生说去梧州可以，但必须得从他那里穿过去

才行

不然还算什么兄弟……

说起肇庆的黄生，话多得几天几夜也倾诉不完：

黄生是我在雷州的旧同事

一起在《雷州报》干了十几年的编辑记者

采访、改稿、编辑、排版、校对、出样、付印

我们从《雷州报》试刊第一期开始

从借调的那天开始，我们就好像上战场的敢死队

一边教书一边当记者编辑

一直干到 1996 年才正式调进《雷州报》社

我们都先后当过副总编辑，都有过收获荣誉的

快感

和被领导批评的累累伤痕。唯有执着和热爱

才让我们一直死死坚守那块贫弱之地

本想一起为报纸大干一场

2003 年所有县级报纸却一律取消停办

……

我首先忍痛离开了《雷州报》，调到了湛江

随后黄生也守土无心，转行到了环保局……

再从雷州转而调到肇庆来

肇庆有鼎湖山的神话，有七星岩的传奇

有我旧时同事黄生的兢兢业业

一听说我要经过肇庆，黄生开着私家车

在肇庆东的高速出口，苦苦地静候我们两个多

小时

黄生的用心让我感动……

西江虾

西江是南方的血脉。两千一百二十九公里的长长

身躯

它生命的起点在云南的马雄山顶

先有了红水河的艳丽，才有了黔江的美名和浔江

的不同凡响

然后再有了梧州以后的西江的迷人神域

苍梧的悠悠历史

德庆龙母庙的踞江而居

肇庆端州的古砚

西江的湍急缓流

千百年的人类繁衍

成就了今天广府文明的标志

做客在西江边上

笼子清蒸的西江河虾哟，长长短短

长短不一的修美钳足

西江的出名，首先就是西江虾走红天下

有谁路过西江不想着西江虾

有哪一家西江的食店里不会白灼或清蒸它

那竹笼里的美味，那一只只红里透白的大大小小

的熟虾

在蒸气缭绕里散发一股一股的淡味奇香

再配上一滴西江特制的酱油

轻轻地剥去虾外的一层红衣

甘甜清美爽口……

西江虾哟

我享受你给我带来的快乐

也同时想起你养育出来的西江人……

拜龙母

来到德庆境内的空气就弥漫着一种异样的慈祥

紫气在珠山的峰顶夹着西江的水蒸气一起升腾

和煦的暖风曼妙的祥云如《西游记》里观音的

座莲

向着一切美好的人和地方呈祥现吉布善施仁……

山峰缭绕的灵光之处

传说中远古时代的德庆悦城北岸一隅

居住着一位温氏女郎。她不但勤劳美丽

还能预知未来身怀消灾避祸的魔方

她因其智慧和勇气成了西江人心目中的女神

西江之水天上来。越过山川穿过村镇

一个风平浪静的佳时吉日

西江的岸边水口缓缓漫过江清沙白的浅滩

一块神奇的大卵被柔浪送至洗衣女神的面前

一块多么不同寻常的宝贝。女神把它带回家

一卵诞出五条长满鳞甲的龙孩

渐渐茁壮的龙子,陪着女神打鱼帮忙

还不时地给两岸的百姓降魔除妖

催云下雨润泽万物，女神本来就法力无边
再加上五龙默契，神女更神了
当地的人们都称她为龙母
人们把幸福与安康和龙母紧紧地拴在一起
龙母成了世人心中代表希望的神

在一个烟雨凋零的伤感季节
龙母却仙逝了
五条玉龙化作五位秀才，把龙母葬在了珠山的
北岸
一个山环水绕风景如画的地方
"孝子"感天撼地，人间戴德念恩
龙母变成了代表人间美好祈盼和幸福的心港

龙母庙就这样香火绵延至四海八方
每年的农历五月初八龙母诞多么令人振奋
一条街的纸宝香烛鞭炮
人头攒动如西江奔流而下的潮水……

贡柑记

似橙非橙，似橘非橘，似柚非柚
这就是德庆的贡柑

色泽红鲜，皮薄易剥

味清甜爽
这就是康州的皇帝柑

自唐宋以来，贡柑至今已有一千三百多年的种
植史
宋高宗的一次偶尝，贡柑便一夜走红
御用贡品天下人皆知，德庆乃贡柑特产之地

山环水绕，水秀山明，气候温和
贡柑之美誉得益于西江之润泽培植

地沃人勤，科学栽种，取橙身，吸橘长，学柚香
三果之秀集于一体
贡柑无理由不红遍大江南北甚至誉饮国外

珠海行（组诗）

三　灶

想起儿时的灶台
用土坯砌成一个圆，在上面
放一口铁锅
有炊烟升起，就有了
美好与渴望在燃烧

三灶，何止三灶？
用山砌就，非常坚固
围着一个火热的世界，
锻造"一轴一带两心三片"
煮沸的激情，溢出
山外，海外

再添一把柴，再加一把火
白龙尾的水，茅田山的海
定家湾的天空，金海滩的情侣
横琴岛是一只迷人的眼睛……

珠港澳大桥公路口岸

我来到一个奇迹的入口
最底层是现实
我把车停在一个人造的岛上
让好奇坐一回电梯

傍晚，一弯新月挂在蓝天
一条路，一座桥，一个梦
徐徐升起
我站在这边，似乎触摸到了那边

澳门像一艘出海的船
珠海像一个渔女
香港像一颗海上的明珠
珠港澳大桥呀，就好像三只手
你牵着我，我拉着你

一辆车，从海的那头钻出来
像一个神话世界

一辆车，从情侣路开过来
像一阵海风，飘飘欲仙般
向着大海的深处游去

我在想，如果把祖国当成一棵大树
珠港澳大桥就是一条枝丫上
长出来的三截小枝
上面分别绽着三朵花
一朵紫荆花
一朵白莲花
一朵杜鹃花

我甚至在想，如果把珠港澳大桥
比喻成一脉血管
它连着的就是同时脉动的
三颗心。一颗是祖国母亲的心
另两颗是有共同血缘的孩子们的心

情侣路

二十八公里，已经很长，很长了
听说还要拉得更长
甚至长到五十公里以上

珠海呀！你有那么多情侣吗？

为什么叫你珠海？你就是一个渔女！

难怪来到这里

怎么看都像是一位渔家女

手里举着一束杜鹃花

身着一围绿色的裙子

长长的简直就是一条拖尾的婚纱

海风吹过来

长得丰满的妙龄少女呀

你说，该有多少情人追过来！

难怪了，珠海！

站在海的西头的三灶

也有一条情侣路

东面的情侣路不知起点在哪里！

淇澳岛也不再叫岛了

让情侣的手架起了一段情

西边连着了澳门吧，起码已经

隔岸相望，情到深处

不说了

反正，除了情侣路

珠海似乎只剩下一颗永远高举的珍珠

一湾盈盈满满的海了

我从这里走过，每一步都很用心

这么浪漫的白天晚上

每一棵树的绿荫底下，或者
每一方草坪上，或者
每一朵浪花的裙边，也许
就是一对或者一家子幸福的人们
正享受着珠海无尽的爱
和无边的热情！

淇澳岛——淇澳村——白石街

淇澳，这个名字有点洋味
但并不洋。伶仃洋
如果没有淇澳岛
我想，那才更显伶仃了

淇澳村与淇澳岛
谁跟了谁的名字，淇澳人
都是勇者和智者
都是宽厚仁慈勤劳的渔者
都是这个岛的主人
无所谓谁随谁

苏兆征是淇澳村人，淇澳岛
因此成了红色革命岛
苏兆征的故居在白石街上
因此，白石街成了淇澳村一条革命老街

白石一条条
直直地铺在村巷上
或者横在渔家人的木门前
长年累月地踩呀踏呀
白石更显出了自己的本色

白石街就像一棵放倒的石树
铁骨铮铮地躺着
虽然显得十分的苍老
却不失坚韧不拔的英雄气概
左右都长出了旁枝
一条条簇拥着，可见其
曾经如何的枝繁叶茂

白石街又是一条特色文化街
看的，吃的，玩的，穿的
样样都有。挤在几百米长的石街上
海上人家的海鲜，晾在门口
永远无法用香水味洗清传统
天后宫在白石街的起点，或者是
终点。沙湾古炮台告诉我
白石街是有由来的
历史比石头长远

私家小院

如果把淇澳村比作一本散装书
友人的私家小院
就是书里的一帧书签

被时光侵蚀了的小巷
道路凹凸不平
像是海水啃过留下的齿痕
小木门的左右
栽种了两盆不知名的花
淡淡的香味，让烈日蒸烤着
正合读书人的口味

泡一杯茶
月记窑就是这本书里的金句
水比茶叶重要
茶叶比器具重要
月记窑比什么都重要

把自己泡在一本书里
停茶发酵，出茶品茗
终于明白：文字也要学会泡
就像淇澳岛，放进珠海

恰好遇上一个用心泡茶的人
才有了今天如此斯文的私家小院

螺岗岭南望（组诗）

螺岗岭

两千年前，你已是一位老人
沙罗塘村是一个小孩
庞怡德今年八十三岁了
他曾经在你的腋下找到一串
老虎的大脚印

西汉的伏波将军曾在此练兵
战马拴在北岸的牛寮村
喝着你从鼻子里滴出的清瘦的水
拯救了一段历史

我看不到虎。连皮毛都看不到
骨脊是虎的吗？被削了

你变成了秃顶。你的动脉肯定也梗塞了

牛鼻泉滴的那几滴血
滋润了武乐河。史学家在卫星图里寻找
你曾经丰满的形象

又老又瘦的伏波将军啊
我来给你的马加一点料吧。添一些
当代的忧思。还有尚存的季节

你不能再被削了
寇竹渡的阿婆天天在盼着
与你约会呢

城月河

从螺岗岭南望城月的河
是一条翠龙

伏波将军的马蹄声从这里经过
踩碎了日月星辰

苏公去苏二村摘荔枝的那年
应该也是从这里经过
文人墨客吟诗作对，怎能疏远了城月河呢

一名当代大诗人作家，没有忘记你
《城月赋》就是写给城月河的

李白的《静夜思》应该
是在城月写出来的。十五的明月升在螺岗岭
种子就浸在城月河里

注：《城月赋》的作者是国家一级作家、诗人洪三泰。

牛鼻泉

许多人不相信
你还活着

螺岗岭都瘦成这个样子了
你还不舍昼夜
涓涓恒流

还有许多人牵挂着你
比如诗人、作家、历史学家
还有你滋养过的人

一直以为螺岗岭
很孤苦伶仃。生命是从
寇竹渡来的

今天看到你我终于明白
有些神话，是真的

你依然活着且不减当年
庞爷爷、伍叔叔回忆你的过去
说你像一位慈母，有时
又像一位善者
矿泉水厂的荒芜昭告我
你曾经被欲望
强暴。所幸
你不死还能活着

螺岗岭还有希望
这不仅仅因为你。天地人
此生彼长
你养活土地，土地
一定会眷恋着你

武乐河

史学家发现：
武乐河与伏波将军有牵连
那是两千年前的故事
海堆起了螺岗岭
螺岗岭用自己的心血

养活了武乐河
伏波将军喝了武乐河的清泉
战火
从此迎来太平盛世

武乐河很清瘦
从牛鼻泉出来
便依依不舍
螺岗岭是自己的亲生之母
怎能一走，就不再回头

在沙罗塘村，在前进农场
在螺岗岭的北岸、西岸
武乐河啊
多么缠绵的一位孝子
多么强悍的一头老黄牛
默默地消磨自己
却无人过问你从何而来
你将往何而去

大海离这里越来越远了
沧海桑田的螺岗岭也失去了昔日的影响力
武乐河啊，你似乎被历史遗忘了
虽然还有一些年长的人惦记
那也只是一种传说

有关你的爱情
还清晰地流淌在若隐若现的河道
我在西岸，你在东岸
我们彼此眺望

墨心人进藏（组诗）

墨心人进藏

本来可以坐飞机上去的
墨心人不干
开车好，他相信
自己的脚和肺活量

洪三泰老师说
墨心人就是想把红土的诗种
带到拉萨去种在大昭寺的那块空地上

我终于明白
墨心人为什么要开车进藏
为什么什么也不装，空着车
他是想装下一座珠峰

还有布达拉宫的经轮……

夜宿弥勒寺

墨心人说不累，假的
开了九百三十九公里
一个人，面对着一路的世界
幸亏佛祖慈悲
腾出一间静心雅舍

赶紧到"佛泉"去
把一身的尘埃抖落
听说，用这里的水洗澡
人会变得特别的机灵轻松
墨心人肯定一路念了心经

锦屏山把世外隔了一堵墙
把现世空在了半山腰上
只有虫鸣，和着念经人的空气
一碗云南米线
墨心人夹起来
纵的，横的
直的，弯的
一口气，把这一大碗的路
吞了下去

赵朴初的"飞云流霞"

不知发光否

明天如果有阳光

或者今晚的心让泻玉的泉

漂白了，我劝墨心人

干脆再留一宿

把一本经书读完了，再走

致远方

《远方》是你的远方

你是我的远方

既然有昨天

既然住进了弥勒寺

既然相信《远方》

你就必须把俗世荡涤

不要假如

生活每一天都是新的

羡慕你，在远方

一个人的寺庙

以诗当经，还有你的木鱼

第一佛掌

此时此刻，你最缺的就是它
一个人，一个天上的西藏
唐僧靠孙大圣，你就靠它了

我原以为，你会把这么高大的一尊弥勒佛
装在车上带走。你却说，不必
信佛之人，只要双手合十
心在哪，佛就在哪

龙华宝塔，看起来像你
你站在那里，就是一尊活菩萨
龙华树，像一尊佛种在半山腰上
福荫了一座弥勒寺
传说，弥勒佛在五十六亿七千万年之后
会降生、出家、证悟、传道
在龙华树下成佛。我信

上去摸一下吧
你今晚肯定住在丽江肯定会行好运
再摸一下吧从今天起
你开车进西藏就不用导航啦
随便怎么走，都是你的目的地

再摸一摸吧，这掌心比如来的更神奇
你想什么要什么
都在你自己的掌心里

风马来也

百鸡寺上，真的有大公鸡
墨心人看到眼前的风马旗
经幡下，这满树林的鸡
拿着松柏枝的信众
赶着一只公鸡上山来了

建塘镇里，飘忽的白烟
鸡仰视与胜利幢的神姿有直接的联系
一个站地上，一个驻屋顶
一个呼神，一个迎神

拨开竹帘卷
墨心人惊叹：独克宗古城
就是一个大转经轮
山风吹来，满山遍野都齐念六字真言
这里，每一只鸡都懂藏语
都会诵经

百鸡寺的佛不难侍候

煨桑时，献上一只鸡
从绿底绣花锦袋中，多掏点青稞、小麦
香烧得越多，这里的佛越高兴
经幡塔，就是用鸡还有香，还有信仰
攒积起来的虔诚

石卡雪山，在右
经幡塔在左
山上一块块的玛尼石，玛尼堆，玛尼墙
是一个个赞神年神
骑着一匹匹风马
赶过来，显灵

墨心人，你算哪路神
你只会和客栈老板扎西吃牦牛肉、松茸火锅
你会骑风马吗？那才叫真神

扎 西

墨心人，眯着眼睛
像扎西的兄弟
扎西，眯着眼睛
像墨心人的兄弟
墨心人和扎西同时眯着眼睛
是一对活宝兄弟

吉塘德吉客栈，与扎西
如果要打分
客栈，九点九分
扎西，像个摄影人
黝黑的吉祥，像一块金子

墨心人在房间里，享受客人的礼遇
扎西是主人，享受等候客人的荣光
扎西，很扎西

酥油茶，喝起来
又酥，又甜，又香
格桑旺姆，你姓什么
哦，藏族人的名字
都是活佛起的
要么扎西（藏语"吉祥"），要么格桑（藏语
"幸福"）

扎西说，大经筒有五十六吨重
象征着五十六个民族的大团结
转动起来，十四亿人自然会幸福吉祥
墨心人贴着经筒
"把我加上去
幸福吉祥是不是又重了
一百四十五斤？"
扎西一笑，像一道彩虹

"那把我也加上去！"

墨心人想
如果自己背着一只铜钦（大法号）
跳着德钦弦子舞
是否也很扎西？
独克宗古城，像扎西的人
太多了。四方街上像墨心人的只有一个
一座"龙王庙"，扎在香格里拉的风景里

扎西昨晚在古城
请墨心人吃了牦牛肉、松茸火锅
今天还想带他到二十里外的地方
吃尼西土鸡
墨心人争着做一回扎西
"今晚我请你喝酒吧
就在附近，不要走远
以免酒驾。"

香格里拉
又多了一个扎西

注：扎西，吉塘德吉客栈的老板。

给梅里雪山戴上一顶金帽

穿行在澜沧江大峡谷的时候
滔滔江水闪烁着光
过来人说，绕着水走
肯定能找到太子雪山

牦牛比人多
尼姑寺里能见到尼姑吗
教堂里怎么会藏着葡萄酒呢
如果能骑马上来
雨崩，冰湖，山杜鹃，神山
还有你，吃着牦牛的肉，喝着神酿的酒
爬一座想象的山

卡瓦格博峰，走近了
像一个喇嘛
头上有一顶金帽
很少有人能看到
如果今天它戴上了
一路念着澜沧江大峡谷的心经
肯定是神显了灵

"在梅里雪山等日出

希望能看到金顶，为大家祈福!"
你站成了另一座梅里雪山
你把自己的帽子摘下来，悄悄地
戴到了对面的山顶上

九条巷子（组诗）

九条巷子

三百年前，两兄弟
九口人
每人搭一个茅寮
一条村
九条巷子

二百年前，几十户人家
挨着茅寮的前后
茅寮被风吹了
土坯加茅草住了十代人
一条村
还是九条巷子

一百年前，一百多人
村子变大了
红砖镶红土，屋顶多了
土瓦，又住了几代人
巷子拉长了，不多也不少
仍是九条巷子

如今，三百年过去了
九条巷子，变成九条长龙
鳞次栉比的血脉
祖辈留下的骨气，没变
越长越高大
越活越年轻

白马宫

一片原始老林
一棵似马鞍的古榕树
一只香炉
一条蜿蜒而出的小路

这就是我村的白马宫

初一十五，村里人
祈福还福添丁入伙办喜事

这里的香火不绝
鞭炮声噼里啪啦响彻一年四季
"白马三郎"有求必应

白马公，善良之神
叩拜的姿势，如骑士
驰骋在心间
"银牌"刻着你的威风凛凛
子民佩戴在身上
走四方，没人再敢欺负

古　井

挖井的人
两三百年前已被另一口井淹埋
甚至已化为一股泉眼
正溢着清杳

记得小时候
母亲早出晚归，我才十岁
挑着两个木水桶
站在井口。村子越来越大
水井越来越深
竹竿太长，我太小
叔叔伯伯帮我打水

古井离家几百米远
我却视之千里万里
水缸满满的，映着母亲回家的泪水
纯纯的，圆圆的
浮在水缸面上

古井什么时候变老了
我已记不清
只记得古井口一年比一年清静了
挑水的那条小路已杂草丛生……

在海南，我夸下了海口（组诗）

在海南，我夸下了海口

我在一朵紫荆花上打坐
让海浪驮着，让一阵海风，把我吹过了海南

椰子树伸出双臂
紧紧地把我拥抱
我闻出了海南岛的味道：全是椰子的香甜

在三十八度的蓝天白云下
一口口清爽的椰子汁，让我解了渴

我还要吃椰子里白嫩嫩的肉
椰子汁煲鸡，是海南的招牌菜
一群写诗的人，围着一个岛

一瓶用椰子酿出的酒，让我说出了酒后真言

在海南，我夸下了海口
我想把椰子树的苗带回雷州半岛
种在家乡的北部湾
等我的椰子熟了，捏一个心形的椰子饼
等着海南的诗人，也当一回神仙

万泉河旧事

我第二次到博鳌了
但我是第一次进到了博鳌亚洲论坛的主会场
第一次坐在了主席台上
第一次面向东南亚，甚至五洲四海
我第一次自我感觉
我终于可以让全世界的眼光聚焦了我

除了玉带湾，除了这里的椰子树
除了海风，我在万泉河，还没有留下过什么
导航误导，让我第一次见到了万泉河的出海口
夕阳西下，站在万泉河的栈道上
我想起了一些旧的事物：比如对面的高架
比如右边的桥
比如眼前的小船

"万泉河水，清又清……"
我踏着万泉河的镜台，扭动着娘子军的飒飒舞姿
旋转着时空的三维磁场
从此
万泉河的旧事簿里，手写着我的诗句……

奔跑在琼海的路上

椰子树像一根根赶羊的鞭子
我使劲地奔跑在遍地牧草的蓝天下

槟榔树就是一个个琼海的姑娘
亭亭玉立，夹道中
我成了她们的粉丝

娘子军在哪，万泉河在哪，博鳌亚洲论坛在哪
南海博物馆在哪
我的车子让一浪又一浪玉带湾的风
吹得醉了一趟又一趟

博鳌的早晨

晨曦比湛江起得更早
海风走得却比东海、北部湾的要慢

椰子树的倩影满街婆娑
小洋楼像一个个绅士

早起的人，披着蓝天
想着，如何把这份幽雅打包装车
运回老家去

参观乐田公社农业生态园（外二首）

大地站了起来。列队迎接大地之主
听自然的口令。向左转，向右转，向前看
很庄重。我向它致敬

空气里，有口香糖的清味。绿色植物站在两旁
我伸出双手，紧紧地拥抱，我的主人

百香果编织了一个口袋，把我装了进去
我吃饱了，也被灌醉了

番薯冒着热气，笑得咧开了嘴
我吻了它一口
一棵老榕树，种在历史上
枝繁叶茂，根系发达

这里的主人，不仅仅是乐田

硇洲岛

一粒圆圆的珠子。装在
硇洲岛的神座上

圆圆的一双眼睛
向东一张，今天醒了
向西一眨，今天睡了

硇洲灯塔，就是这双金睛火眼
所有的过往，尽收眼底

参观广湛高铁湛江湾海底隧道施工现场

只是听说，钻地的神
已经钻进去了

只见尾巴，不见头

也只是听说，这位神天天要吃砂土
这头吃，那头拉

它什么时候吃饱呢？我问侍候神的人
他说，永远吃不饱

它走了，高铁才会来

初遇乌镇（外一首）

第一次拥抱
你流着泪，淋湿了
一条长长的子夜路

东栅和西栅
从什么时候起
市河，成了繁华富庶的大街

林家铺子枕着
流动的路
眷恋的乡愁京杭大运河
白莲塔是造梦的风铃

我在你的石板路上
翻开一本记忆的风景

这个三月，从大陆最南
来睡你的床，摸着你的民俗。在你竖起的

染色布条里
和你来一次婚嫁
做一个昭明书院的读书人

你多情的泪水，九曲缠绵
感动了我两夜三天
我要辞你而去，在西栅的桥头
你划着东栅的航船
停在春柳飘忽的亭台楼阁
听你拾级的清音
还我蓝天
我却下起了春雨

心骛的情人
我不忍带走你的半点雨滴……

白水鱼

再洁白的水
都比不上你的清纯，在我的面前，你是主人
我是客

你从京杭大运河来的吧
又不像。你应该土生土长
无论东栅西栅南栅北栅

有水的地方
都能见到你。你是导游
你是江南水乡的形象大使

你应该比乌镇古老
乌镇是水生的
你随水而来
水因你才这么活鲜

有人说，白莲塔有七级
市河是一张千年编织的网
船驮着一个神话
你却驮着一个
乌镇

水榭亭台，柳树桃花
你像一位多情的女人
缠缠绵绵，扭扭捏捏
让人浮想联翩

我站得比你高，却踩着你的脊梁骨
我游得比你快，却乘着你的生命

你是水乡的灵魂
你是江南的骚客
你是乌镇的神仙……

今夜的东岸

第一次见你。陌生的是路
我们似曾相识
尤其是文化楼，还有文笔长廊
还有椿林桥。还有亭台水榭，还有公园
城市里有的，这里也有

夕阳西下了。阿叔推着孙子
走向自己的生活。孔桥下的倒影
画着半条村最美的风景
柔直的后人，四百六十多年了
老人家说，活了一辈子
终于听到城里人说，农村人真幸福！

今夜，这么热闹
为了一场电影，来了这么多贵客
又是朗诵，又是快板，又是唱歌
不知道你有多大，文化楼前那两排遥遥的展板

板上那些"永远跟党走"的书画摄影作品
有些比不上你，有些，其实就是你

写给文秀岭和一群羊

一片山岭，比一群羊大
一群羊却啃了这一片山岭
然后，又转场到另一片山岭
一群羊很多。老的带幼的，雄的携雌的
文秀岭只有一座
于是，山岭上除了种草，还得种果树
除了养羊，还得养蜜蜂，养鸡、鸭、鹅

羊是文秀岭主人的心肝宝贝
羊吃的是山上长出来的牧草
人是吃着山草饲养出来的羊
在这里，人比羊幸福
羊比文秀岭幸福
文秀岭比其他的山岭幸福

湖光岩

这滴晶莹剔透的水珠
落在一片叶子上。多少年了
昨天这么一滴，今天仍是这么一滴

三个翡翠绣的月亮，一个落在湖中
一个挂在天上
还有一个套在游客的脖子上

一口锅。一万年了，火似乎还没熄灭
一圈热，一圈冷
一层实，一层虚
一个神话故事，煮着另一个神话故事

海珠老巷

两个人就能把沙灯巷塞满
旅店后街不长
公正南有几幢上世纪八十年代建的楼房
是这里最时尚的建筑
一辆收破烂的电车
装满了废弃的电脑主机
大蚬塘不见有蚬塘

一个个男女模特，在寒风中裸露着肩膀
跃龙上街的一棵大树被砍掉了
只留下一个一米宽的木头，做了一个圆木桌
上蒙圣街不宽，却很长
左拐右拐后，见到几辆共享单车
你压我，我压你。像一堆僵尸

丰隆巷的见光处
挂着几条女人的胸罩还有内裤

水楼巷里藏着一个居委会

元门口在一个丁字路口
左边通海珠的一条繁华大街
右边通海珠的另一条繁华大街

滨湖行走

昨晚，约了风

在滨湖谈了一场恋爱

拉着风的手，我们彼此互贴着

像喝醉了酒的一对情侣

我拥抱着风，走向曲径深幽

风吻了一下我

我吻了一下风

滨湖沙沙地笑。我已感觉到了

风全身发热

我已经按捺不住，这迷人的夜晚

十公里的情路，我走了两个小时

与风立下了誓言

明晚再续爱情

珠江边上

偎依着一位沧桑的老人
听它诉说历史
我问它：谁是这里的主人
它说：
你站足一个小时
时间会告诉你

寒风中，只有我
和面前的珠江
偶尔路过的行人：
"这里的风景真美！"
都是一个个过客

我也会离开
珠江也不是我的珠江
"珠江也不是我的珠江！"
孤独的珠江对我说

自己都不是自己
谁才是自己的自己

我扶着石栏杆
往天上看：白云像我
虽然站得比我高
但也仍是匆匆过客

南方大厦，北京路，上下九
一动不动
日夜守护或者陪伴珠江
这里是它的家
"它也仍是一个过客！"
珠江说，没它们的时候
已经有了珠江
它只是珠江的一个后邻而已

两岸的古榕，翻新的海珠桥
更叫不上主人了
珠江啊！你千百年来川流不息
谁才是你真正的主人啊
我对着暗涌而过的珠江水
望着忽明忽暗忽高忽低的珠江潮汐
一朵浪花向我挥挥手
我赶紧举起右手向它致敬

高岭，我把你写成了现代诗

我看到了七言绝句
还有律诗
一畦畦地晒在
冬阳下

还有翻译成民歌的诗句
在田间地头
在香蕉园里
你一曲
我一曲

我不会古体近体
平仄押韵，对仗拗救
高岭，对不起
我把你写成了现代诗

2020 年 11 月 29 日参加龙头诗社（高岭）诗会，有感。

海林桥

像我的肠胃。有时便秘
塞得叫人烦心

像放风的囚徒。上午十点至下午四点
给你一些放松和自由

像两行盛开的刺杜鹃。笑一笑
迎接朝阳
摇一摇，恭送晚霞

像一个"工"字，写在现代城市的美景里
身子虽然矮小，却储存了
赤坎十年的沧海桑田

温度是野生的

走出酒店，没冷气，但空气真实
温度是野生的

经过浴场，水气散发着香味
半裸的人，全裸的泳池

一片园林，几座亭台水榭
金鱼随着我的影子
我休闲的时候，它们正忙着

这里是珠江的口
江面平静得让人产生了错觉
一群人，走过剪影
倒在水中

远处有山，山上有光
一张脸，一双眼

目光四射，夕阳红一片
黑一片。一位思想者
盯着我们

江边的栈道
木搭的，红砖铺的
走过一批又一批的休闲者

西湖春柳

苗条淑女的腰肢，扭动西湖的风
荡漾出的笑声，迷了苏堤
断桥让春柳架通了神话

白堤上赶春的人海
西湖的春水
嫉妒的眼神，柳条安慰不了
嫩绿的芳华

如何煽动千年的平湖
孤山，今天显得冷冷清清

我下放镜头
幻想自己长出一个魔掌
把眼前的鲜春装进私欲。不要热闹
这是人间最嫩的胴体
经不起噪声污染

我愿它凝固不老，连着我的二百个季节
白堤上，神话已够漫长
我只想，化为一枝柳条
把春天驳接

冬至，我在塘山岭（外二首）

没有家乡的气息
阳光还是很冷很清
塘山岭不高，影子却盖住了
一座丽波山庄

绿叶下的水气
不是我呵出的体温
人过年的节日
应该回到家里吃一碗母亲做的冬至面
或陪父老乡亲一起
从一九数到九九

麋鹿什么时候出没
绝对等不到，这里只有牛和羊

而我似乎已看到：
家乡的西湖，湖边的柳枝已开始婀娜

母亲的田埂

黄牛已走了过来

塘山岭，你未老的岁月

山泉还用等到春天才会说话吗

赤坎老街

鸭嘬港已经退休

我扶着老人家

从干涸的码头上岸

他数着昨天，一个台阶

一个台阶地问：

我的船呢，泊到哪啦？

秀英港码头是老了

但一直被续聘着。戴着

一个胸牌

说是自己的身份证

站不起来了，躺着呼吸

有小孩子问：

这里为什么叫码头？

海呢？船呢？

码头已经不会说话

大通街还活着

幸亏有一口古井。几百年前的血脉

五脏俱全。虽然已经

有气无力。一个古董

摆在古玩城的柜台上

每一个识货的人都说：

是一块翡翠，串成一条项链

戴在一个叫赤坎的老先生的颈上

真像！

南华酒店早就打烊

中山路的行人

好像已不是大通街的渔民

叩问南渡河

只有一些念旧的雷州人

还不嫌弃你的海藻味

古渡口，不再有四十年前的车水马龙

高架桥像一条心脏的搭桥

你永远也不明白，一条河流

已连一条村庄都走不出去

一只涂了红漆的乌龟，栖在浮莲上
三位垂钓者。一位钓起一条水草
一位拉断了两个钓钩
一位看着浮子，玩着手机

我想你原有的模样啊
一条条大小帆影，载着雷州窑
雷州的粮仓，雷州的特产
冲出南渡河的闸口

我更想你，一百年后
长成珠江的模样……

第三辑

甜　土

乡下印象（组诗）

斑　鸠

大舅走了，不再有散弹枪的年代
也不再有
绿艾叶里藏着猎人的贼眼

大大方方地歌唱
从早到晚
环绕着一条村落
人造的森林，人造的果树
除了开花结果，你的家
在花与果中间

咕咕咕，咕咕咕
听起来，不再让人忧伤

像一位哲学家，或者是一位道长
每天吟哦的，全是有关长生不老的
秘诀

空 气

在大城市里，我的鼻子
进进出出
一辆辆的车，奔来突去

在邓宅寮村，我的鼻子
倒似两根过滤嘴
循来环往的，都是肉眼可见的
朗朗润润的长寿基因

小 巷

无论深浅曲直
白天，不再留守
晚上，不再静默

巷灯，上岗了
小鸟、虫、蛇、蟾
都不再躲闪
鸡、鸭、鹅

都学会了自律

一个老人，拄着拐杖
蹒跚在巷子中央
不再担心脚下的沙石与坎坷
一首雷歌
填满了整条小巷

灯光球场

连规格尺寸
都一模一样

篮球、灯光、篮球架，甚至周围的石凳
都是从城市里买来的

带球，过人，传球
甚至两步半的投篮
也都是从城市人那里学来的

白天空着，城市如是
晚上忙着，小村也是

嘭，嘭，嘭
穿着篮球衣的农村人

是吃了饭，洗了澡之后
才带球上篮

混凝土家族（组诗）

混凝土的爱

砂子，你洁身自爱
千年的等待，万年的守候
终被古罗马人发现

石子，你忠贞不渝
因为心中有爱
宁可粉身碎骨，也要四处寻觅
你的终身伴侣

水泥啊
你的血管里流着砂子的血脉
长着石子的肉体

没有罗马人，没有波特兰
没有水的说媒
你们也许得等上一亿年……

搅拌车

空腹的时候
你很轻松
可以转悠转悠，也可以休息
你不吃别人的东西
也用不着为别人操心

一旦吃饱喝足
你就成了另一个你
动与不动，都由不得自己

为什么叫你搅拌车
为什么不叫你大肚佛

呵呵，你就是一尊佛
你的心宽如海，你的量大无边
……

震动棒

比一根木棒，多了一个功能
一通上电你就立马激动
如喝醉了酒，浑身兴奋颤抖难禁

你的工作不复杂，像一名特工
必须深入，再深入
与泥浆亲密，与钢铁肉搏
与砂子石子周旋

不能留下，即使一处的空隙
必须对将来，负责

泵浆车

是搅拌车跟着你转
还是你跟着搅拌车转
是搅拌车没你不行
还是你没搅拌车不行

你和搅拌车的关系
是天上的月，水里的影
还是恋爱中的少男和少女

或是一个人的左手
和右手

钢 筋

我以为是幻觉，梦醒
听到了现代生活的噪音
铁的碰撞声最刺耳
炫目的日光下，城市的钢筋
都藏在美丽的肉体里

现代的城市和高楼
我看见一条条钢筋
携带着理想，正穿梭其间

摄影语言（组诗）

光　圈

把眼睛张得越大，越看不远
要看清世界
最好眯起你的眼睛

速　度

如果光线不好
最好慢走，安全第一

想过什么样的生活
就用什么样的速度
比如慢生活，就得用慢门

但要跟上时代的快节奏
留住每一个精彩的瞬间，就得用快门

景　深

若对周围的人毫无感觉
请闭上你的眼睛
或者干脆只对着你想看的一切
在你的眼里，世界不过是一张图纸
你想让谁成为你的焦点
你就把他置于你的视线之内

焦　距

世界这么大，我只能选择
但愿在你我之间，有着彼此的距离
张开眼睛，我可以看清你的脸蛋
闭上眼睛，我也能感到你的存在
我一伸手
就可以抓住你

长镜头

远远地看着你。我不想打扰你的生活
不敢靠你太近。或者不想太亲近你

站在山外看山里，有时更有不一样的想象

比如夕阳下你迷人的倩影
只有在远处才会看得更真实
我也才会心无旁骛，才会更加关注你
也只有在远处，在你不经意的那一瞬间
才是你最自然的美

广角镜头

不要奢望，一眼就能看透全世界
即便站在离地球近四百公里的天宫一号上
你也不能纵览全球
但它可以，让你看到不一样的风景：
大的变小了，小的变大了
你看不到的，它让你看得更清晰

光　影

像一个幽灵。你在哪里
它就跟到哪里
好不容易找到一个没你的地方
我却把自己弄丢了

世界如此色彩斑斓

并不是因为我有一双多情敏锐的眼睛
而是因为有你如影随形

逆 光

不是不想让人看到自己的脸庞
而是为了面向远方
人生之路，最感动人之处
常常，是一个人的背影

顺 光

很简单，要想看清自己
请顺着光的方向

住进医院（组诗）

晕　倒

一棵树卒然倒下
一群人好奇
一群人呼天抢地
一群人在哭
也有一群人在笑

抢　救

不是每一场演练
躺在手术台上的人都能醒过来
一旦实战了
即使有再顶尖的武器
也难保，哪一方不失手

哪一方获胜

住　院

世界上顶级的一辆车
行车记录仪显示：五十五年中
只有一次进厂维修
平时除了加油、加水、换轮胎
至今止，公里表的刻度为：
已超过刻度表的记录范围

是该进厂大修了
师傅说，许多重要部件不能换
这辆车世上独一无二
没有配件

这么好用的一辆车
还是希望师傅能修好，继续奔跑
若真的不能修了
就到车管所申请报废吧
给新车让路

吊　针

望着它，我想

不就几瓶水嘛

我应该提前把它喝下去
还能争取个主动

一样的水，流进同一条河流里
前者叫开水，后者叫药水

护 理

病床上躺着一位八十多岁老病人
病床旁守护着一位七十多岁老奶奶
"没了！"
"还有！"
"没了！"
"我说还有！"
按呼叫铃吧
护士来了。不滴了
还有。针口塞了
拔针，重新打过
这次滴了
两位老人家互视了许久
一滴一滴下来的药水啊
化作了四行老泪

吃 药

仍似姑丈的纸符

在上面

涂几个谁也看不懂的字

然后想成

道术的粉末，或仙人的口水

念几声"吃了就好！"

闭上眼睛吞下去

这就是万能的神

灵与不灵

医生说了不算

注：姑丈，我姑姑的丈夫，专攻各种符，所谓"符"，雷州话叫"步"（平声）在民间流行的带有迷信色彩的道术。

护 士

在生与死的路口

站着一队特种兵

手里握着各种武器

人们常叫她们白衣天使

我觉得她们更称得是铿锵玫瑰

在生的路口，她们

种下花朵，还给你余香
在死的路口，她们呀
一个个都是冲锋陷阵的无名战士

医　生

他呀，好像是上帝派来的神
从他口里出来的每一个字
都是上帝的指令

他告诉我，你离死神还远
不必失去自己
生不是医生给的
死却是自己把自己让给了上帝

我告诉医生
生的确与他人无关，在死的路口
只有你可以打通上帝的电话

生死之门

一个门口进来
两个门口出去

总有人不愿意

那扇门通往死亡
进去了就再也出不来

人生进进出出的门很多
唯独这两扇门没人抢位

医　院

一本厚厚的生命哲学书
每一页都离不开逻辑
喜欢从结论开篇
中西文明的全部精华
各种仪器，那不是仪器
是哲学里的判断句
一名名医生，那不叫医生
那是三段论里头的推理高手
这本书里，除了标题
所有的文字都是用中西药铸成的铅字
护士、护理以及所有的管理者
他们也有自己特定的符号
问号、顿号、分号、引号、感叹号
这本书呀，不抽象说理
全部的例证都有出处

甜土（外二首）

这方土地，被海水浸过
堆成了螺岗岭
让西汉的伏波将军踩过
让战马嘶鸣过，成了战场
本是苦涩的土。被烈日甚至烈火炙烤过
赭色的肌肤，与半岛人的古铜色互映

犁铧翻译过千百遍之后
便学会了乐观。有了自己的个性之后
放一节甘蔗，灌一杯螺岗岭的清泉
便长出了与众不同的甜土

如今，脚底踩的不再是土
是一种基因，一种叫糖的物质
阳光与水融合，就可以长出香味

我看到了，一对说外乡话的夫妻

把红土当家，甘蔗苗是他们的孩子
一个个整齐地排列，甘甜的种子
就这么幸福地，覆盖大地

机械砍蔗

我在观看一部童话

剧情有点血腥
从无到有的一个个生命
一年四季终于给红土增加了高度
之后必须奉献成熟，心甘情愿
准备涅槃重生

也许，生命太过旺盛
也许，丰收只是　种考验
幸福不是站立的样子
必须躺下来，必须放下一切
留下美好，让主人削去多余

来吧！我乃造物者的造物者
让我亲一下
我有非凡神力，能把理想分段
让大卡车源源不断地装载着
今天和明天的情节

单凭一张铁嘴，就能把神话
拍成电视，让幸福自动回家

广丰糖厂

年龄已不小。岁月
趴在退休的车间
曾经辉煌过的废齿轮
就是这位老人换下的旧牙

站姿仍威武雄壮
一点都感觉不到
这是一位身经百战的老战士
身子骨架仍硬朗
食欲不减当年

一天要吃多少东西
地磅告诉你
嘴巴一张，都是以吨计算
肚子很大，消化功能顶呱呱

在废品收购站（组诗）

废 铁

像一位退休的老人，除了
皱纹，性格还是以前。不论过去
干过什么，即使粉身碎骨
仍是自己

旧音响

一套旧音响，
似乎不太愿意当废品
在如此龌龊的环境底下
还能唱出这么动听的旋律
主人的意思是，要么留着当古董
卖给有缘的人。要么当免费的歌手

好好陪自己，寂寞地歌唱

旧报纸

不像是废品
一堆一堆，叠得整整齐齐
还散发着油墨香
我问老板：多少钱一张，买回去
练毛笔字
"一块钱！"
我一愣，从邮局里订的才八角钱一份呢！
怎么来到这里就涨价了
"这叫旧报纸，值得收藏！"

我想把您的名字镌刻在
一粒巨谷之上

1

我也有禾上的梦想。禾秆上
多开一朵稻花，多长一棵稻谷
母亲的土锅里，就会多一些白米
我就能够多吃一口带有白米的晚餐

2

您的梦想在禾下。您只想着
有一天，放一张悠闲的椅子，您老了
在稻谷飘香的季节
一个人，优哉游哉地看着禾上的累累稻穗
荡着秋千，享受您的成真梦想

3

您一天到晚，除了杂交水稻
还有什么？小提琴？
您拉响的琴声，是给自己走路的伴奏吧
要不，怎么听起来
不是走在研究所的路上
就是在水稻田里，尽是匆匆忙忙的旋律

4

您说，一个人，一生就干一件事
您干了多少件事？
吃饭前，想着白米饭；吃饭时，盯着白米饭
饭后，您又想着下一顿白米饭
一生只为"稻粱谋"。您呀这一辈子
就是一粒谷种，播进水田里
一心只想着禾苗能长成一棵大树
让全世界的人都可以乘凉

5

您用自己的一粒谷种，拯救了大半个地球
难怪大家都叫您"米菩萨"

称您"杂交水稻之父"

您就是一秆永远站立的禾

您走了，告别了养育您也同时成全您的水稻田

我想把您的名字镌刻在一粒巨谷之上

第四辑

我就是一口摆钟

时光的原理

一粒尘埃，偶遇另一粒尘埃
各自牺牲一点
合成一粒新的尘埃

生命的另一种称谓，叫
一粒尘埃
从这头转到那头，再从那头
转回这头
永远不用担心转丢了

一块圆形的石头，风化成许多尘埃
衍生了许多生物，附着在一层青苔上
自我转圈
自我还原

向日葵

站在你面前
我很矮
你挺直的脊梁
扶正了我的东倒西歪

我低下高傲的影子
请教你，生命的去向
你不开口。今天没有太阳
东面就是远方

你的站姿，很富有
亭亭如盖，不蔓不枝
一生只为一朵花
你的爱情经得起阳光的考验

新年礼物

"咯咯咯……"
这一群鸡鸭鹅啊
母亲足足喂养了大半年
瘦了肥起来，肥了瘦下去

到村口去迎接
我将要回家过年的孩子！
母亲的吆喝声像军令
父亲呢喃着：一只只都长胖了呀！

"咯咯咯……"
这群鸡鸭鹅呀
唱着跳着像一支仪仗队
母亲在后面呢喃：不能像种在地里的植物
不能随着季节，等着成熟，再摘

这份新年礼物

在母亲的手指头上
天天摸呀捏呀盼呀
生怕在这寒冬腊月里
又瘦了回去

想念的速度

一节装着母亲
一节装着爱人
一节装着孩子
一节装着远方
……
十节的高铁太短
三百五十的时速太慢
装上我的一万种乡愁

母亲呼唤的声音，如闪电
我必须在万分之一秒内
抵达她的身边

我就是一口摆钟

我每敲一次钟
长短是我谱给生活的音符
强弱是我对当下的歌唱

我向左一咣当
那是对昨天的一锤定音
我向右一咣当
那是给未来吹的哨子

我永远不会停摆
除非链条断了
我发誓，只要能摆动
我绝对是一口不会误时的摆钟

一件事情

我，就是一件事情
世界有准备了，然后才有了我

有了我，这件事就有了起点
有了时间，有了想法
事情就是我

事情决定了我的日子
我是事情的跑腿
赶着时间的影子
我一件件有用没用的小事情
像家乡的南渡河
像漓江的绿水青山
像南桥河咸咸淡淡的水
流成了我的模样

我长成了事情的轮廓

我把一件事情的起承转合
演绎成了我自己的前因后果

摘柚子

叶子还摇摆在春夏间
秋天已经熟在了半空

一轮轮的圆月落在树梢
把秋天摘下来
北方已经白雪皑皑
南方依然红黄相间

在时间的节奏上歌唱

每天都变换着自己的美姿
我闻到了时间的味道
像玫瑰花的情深意切
紫荆花的沁人心脾

我触摸到了时间的手
有劳动者的质感
老人家的沧桑
中年人的力度
青年人的热血

我站在时间的舞台上
看时间如何演绎自己
自己如何演绎别人

阳光的美德

我喜欢阳光。正如我
喜欢我的父母亲

温暖不老。母亲告诉我
菜园子里，有阳光照射的植物
长势最旺盛喜人

父亲也告诉我，要种活一棵树不难
要让一棵树顶天立地
唯有默默无声的阳光

跟着阳光走。这个世界
什么都可以不要，千万记住
心中的阳光
它在哪，我在哪
它发光，我发亮

映照，是阳光的美德
成长，是生命的追求

写给男人

没有我
我的父亲肯定做不成父亲
没有父亲
我肯定做不成我自己

我是父亲的五分之一
父亲却是我的百分之百

今天给父亲写三首诗
一首写给我的父亲
一首写给父亲的我
一首写给将要也必然要做父亲的我的孩子

天和地之间，男人不是天
就是地；父亲不是地
就是天

只要思想站着

手机可以站起来
钱可以躺着
人可以呼唤物质

事情可以不叫不来
思想可以装进手机里
可以用别人的脚，走自己的路

人的一生就这么两个姿势
要么行走，要么躺下来
走时，一脚深一脚浅，一脚前，一脚后
躺时，可以平躺，也可以侧身

无 题

冬天的阳光，像我的母亲
在寒冷的床上
给我盖了一层厚厚的被

晚上的寒风，像我的父亲
在我温暖的梦里
不停地制造寒彻骨的提醒

我终于懂得思索
冬天为什么比春天硬朗
比夏天沉稳
比秋天成熟

我要把自己搬上银幕

我要把自己搬上银幕
自己写的剧本
自己当的导演
自己是自己的主角

故事情节不用虚构
动作细节不用旁人指指点点

所有的剧中人物
都来自我的亲人
我的童年由我的孙辈出演
我的青年由我的孩子替身
我的老年由我的父亲上场

我把岁月凝固在人性的交汇处
我要证明生活的楼梯
可上可下

我要把生命中的七色
拍出多彩的一年四季

一条鱼的幸福感（外一首）

我的日子也如此
你却比我过得快活
你追求的只是一口鱼缸
我却梦想着一个地球

石磨

你应该是磨五谷的命
谁叫你硬邦邦的不擅变通
你不该把时光装进去磨了
日子没了，你还有你吗？
当水磨吧，让水磨你
轮回的信念只有水是不灭的

元宵节

爆竹的歌唱
今天更像喝醉了酒

村里，除了看客
都是神灵

锣鼓
今天喊破了嗓子

烧吧，包括愿景
想象中的荆棘
上刀山，下火海

把诸神闹醒
一起把春天最后一道神门
打开……

如果跟踪一滴水

从南桥河过来的水
几乎都来自赤坎水库
从赤坎水库过来的水
几乎都来自廉江的鹤地水库
从鹤地水库过来的水
几乎都来自鹤地的山山水水

一定有各自的源头
源头的源头都有各自的来处
不在山顶，就在山坳
不在天上，就在地下

南桥河再往前就是赤坎江
赤坎江再往前就是鸭嘴湖（滨湖）
鸭嘴湖再往前就是金沙湾
金沙湾再往前就是湛江港
湛江港再往前就是无尽的南海

如果跟踪一滴水
如果相信唯物辩证法
如果坚信天地人合一
一滴水无论放在哪里
哪里都是水的源头

你是时间的飞蛾

——写给知名作家林清玄

站在玫瑰海岸，看海的人
是一只兔子
海是一只千年乌龟

时间催生万物
今天下的雨
是一场生死离别的泪水

太深的情海
淹没的都是一些无情的人

心的影子，没有影子
不信，与你温一壶月光下酒
醉倒了
一切便回归无形

拜一棵紫色的菩提吧

在它面前念完所有的佛经
也许，一棵桃花心木
会开出一朵永恒不谢的花朵

但，你终究要停下来了
谁有这么傻，想与时间赛跑

唯你建造的心宇明堂
没有时间的概念

南桥河的阳光

南桥河的阳光，喜欢
走左边，也喜欢走右边
喜欢从头顶一掠而过
也喜欢沉在河底安享宁静

南桥河的阳光，不论早晚
走到哪里都彬彬有礼
即使在夏天的晌午，红彤彤的脸蛋
满头的汗滴都散发着刺杜鹃的芳香

南桥河的阳光，特别有个性
有时像一个小孩，在浅水里嬉戏玩耍
有时像一位少女，犹抱琵琶半遮面

南桥河的阳光
闪烁成明亮的金子
懂得回报和感恩，知道夜晚和早晨

车流，人流，水流，物流，时代的潮流
连接自西而东的北桥河
汇入自南向北的赤坎江……

没有旋律的歌曲

三只白鹭淹没了一条河流
一条鱼被叼上了半空
一滴血滴落在我的血液里
没有旋律

一个人把一条河流举起
把一条路画到了天际
一个人站在音符的冠顶
一只灰鹭潜在水底
一条鱼在五线谱的中间冒泡

颤音与和弦同时奏响
在一张蓝色的纸上
一个疯子，在朗读一首写给自己的诗
在唱一个正常人谱的
没有旋律的歌曲

落　叶

写给大地的文字。一个个
生硬的、成熟的
都是对岁月的抒情

似乎落不尽。昨晚铺了一地
母亲一片片捡起来
装进麻袋里。她说：攒多了，烧了
埋到树下当土杂肥

冬天里，落叶比秋天少了
母亲说，不落就不用落了
春天来了，再落
那不是乱了时令？

捡一朵花装饰自己

小区的垃圾桶旁边
谁家扔了这么多残花枯枝
哦，哦哦
养了一年，花都老了
新年来了，鲜花来了

有些花还不至于不要
叶子还有些绿，枝头上也正冒出几个花蕾
我不忍心，挑了一枝，抱回家
给它换了花瓶，换了水

我想，种了一年，多不容易
换了旧的，新的不也叫花？
说不定，卖鲜花的人
就是用旧花育出来的新枝呢

捡一朵花来装饰自己，似乎

比自己种的更有意义

这有点像读一本旧书

假　期

山竹梨，刚栽下时
拼命地长
一两年之后就停下来
它给自己放假

山棯子，不是六月六就熟了吗？
九月了，我家的山棯子
现在还在熟。一天一两粒
它忘了时间

池里的金鲤，天天在寻找突破口
天天只是转悠
隐秘的角落，是最好的藏身之地
离开光阴，永远都是假期

母亲种的葱子，一天一个样
十天就长出了拳头的高度

土地肥沃，主人勤劳，秋天里的甘霖
白露寒霜，静夜如禅，努力是最好的回报

父亲种的柚子树，八月十五之后
一个接一个，黄了
一个接一个，像一个个七十岁老人
安详地享受圆满

过冬节

村里每年的这个时候，一定要杀一头猪

猪头一定是给村里年纪最长者

六十岁以上的才算老人。凡是村里的老人

这一天都可以到祠堂吃大餐

九十岁以上的老人每人可得一个大红包

如果是村中的贤者也可以进祠堂，享受老人的

待遇

冬至大过年。再远的路，今天都得回家

让人"隔了冬节"，那是不孝之至

今年冬节，所有的费用都是村民自愿捐献

你一百我一千，一共收了一万多元

摆了十三桌酒席，每桌一瓶红酒

菜式有十四种，一千元一桌

老人家吃不完还可以打包回家，晚上还可以享用

冬至是什么？许多人不懂

但座位席上，六十岁以下的人不敢轻易就座

给自己颁奖

今天最该犒劳的，除了
教过我的老师和没有教过我的老师
就是我自己
半辈子了，我一直
自己教自己

像一条河流。自己的血
塑造了自己的形象

像一片土地。教一粒种子
如何生长
然后，又让一粒种子
教训自己，如何做一片丰腴的土地

今天还想到，我应该给自己举行一个仪式
叫自己上领奖台
自己写好一份奖状
自己填上自己的名字

悼喻民东先生

离您很远
您是领导，您是画家
您是雷州的名人
我只是一个喜欢艺术的晚辈

离您很近
我们曾经一起服务过雷州
西湖人道，西湖公园
苏堤，宋园，九曲桥
龙宫。雷州的名胜古迹
您的墨香，您的身影
我踩着您走过的脚印
印证过您艺术想象的原型

您也许不认得我
您肯定叫不出我的名字
但敬仰一个人和爱一个人

与彼此的距离与眼神的陌熟无关
我懂您，没有因果关系
您的山水，您的艺术
您的形象，您的性格
都暴露在您绘就的每一幅作品里

我曾经在朋友家中
看到您作的一幅四尺山水画
我盯着它，就像盯着您
看了全身，看局部
赞了形容，赞精神
多么罕见的高山流水
何等含蓄的画意抒发
云里雾里的思想张弛
人间仙境何处觅
唯君一笔是春秋

我想拥有您，喻老您的画作，您的丘壑
可惜，如今您驾着一生追随的风景
远走了。您带着艺术的灵魂
捎上您为之奋斗一辈子的心爱
天堂也有山水和画意
喻老，您永生！

当今天还在的时候

小区里的每一棵树都是我的
脚下的路也是我的
南桥河是我的，北桥河是我的
甚至，连北桥公园也都是我的

我可以让今天过得像一张白纸
我也可以让今天变成一幅山水画
我可以叫今天暂停下来
我也可以叫今天不要休息

今天可以把我当成一头猪
我也可以把今天当作一匹白驹
今天可以把我视为朋友
我也可以把今天视为假想敌

当今天还在的时候，我是它的主人
当今天要走的时候，我是它的管家

带一支笛子，把睡着的我吹醒

这一年，我带着一支笛子
东奔西跑，在人间卖唱
从早上吹到晚上，从春天吹到了腊月

今天还要继续，带着我的笛子
从家里，到家外，然后
仍会从家外回到家里，吹个不停

我一直地，带着一阵风
陪着我的笛子，或悠或扬地
在时空的缝隙里，吹来吹去，把梦吹醒

我打开了时光的开关
刮起了风的旋律，停不了
一切身外之物，我都当作笛子的声音

我吹完狗年

猪年的新谱已开始填词配乐

我仍会带着我的旧笛，继续在人间卖唱

把睡着的我吹醒

不想长大

我长大了吗？昨天从孩童的门走出去
在岁月的庭院里转了一圈
今天，我又从孩童的另一扇门
拐了进来

"你像一个小孩子。"
比我年轻的人
今天这么说我
"你永远长不大。"
比我年长的人
今天这样夸我

我驾着时光机
动手折了一枝花，栽了几棵树
播了一些种子
已收获了五十几个春夏秋冬

我曾经劝过母亲：

不要给我施肥浇水，我不想长大

挖宝记

坐在离舞台六排的位置
看着，看着
身子坐得越来越近

赖九就是我
我曾经就是赖九
海丽就是我的初恋
我就是海丽的赖九哥

那位银发叔公
就是我曾经的叔公
我就是叔公的跟班弟子
赖九做了我的梦
那位村主任就是引我去探宝的
我的村主任

赖九唱的雷歌，声带

是我的

他的一呼一吸

我的表情

我做的每一个动作

赖九怎么学得如此相像呢？

海丽越瞧越像我的爱人

她说的雷话

她唱的雷歌

她的一颦一嗔

我的爱人就是我生活的舞台上

演海丽的那个主角

大　舅

八十九岁的您
九十三岁的大姐
八十六岁的大妹
八十三岁的小妹
七十九岁的弟弟

假如今天是您的生日，按习惯
兄弟姐妹，一年一次生日聚会
我会带上我的母亲
说什么也要挤进您住的矮茅屋
好好地和您说几句暖心话
用力握住您水肿的双手，久久不放

我的大舅舅，我应该懂得
时光留不住，我拼命地追赶
我想追赶啊，可您已不在

您的模样仍历历在目，一张长长的脸
竹竿般的身材
还有您喝了半辈子酒的手势
抽了几十年的水烟筒……

及您的水工刀法
都是您身上的一绝

　　注：大舅享年八十九岁。兄弟姐妹五人，他排行第二。他们
都已是八十岁以上的老寿星了。每年的生日，兄弟姐妹们都赶过
来一聚。几十年风雨无阻。大舅走了，这个美满幸福的有兄弟姐
妹的家，就缺了一角。

第五辑

四条勾鱼
和三十八条黄刺骨鱼

我想再咬你一口

——致稳村番薯

轻轻地，我想揭开你的红纱巾
你丰满的体态
我蠢蠢欲动的欲望啊
已把自己熏得心急火燎

轻轻地，我想温柔地拥着你
贴紧你的耳朵，问候你
你是如何长得如此红粉剔透
如此美妙可人
是稳村的风水
还是这里的神仙

明朝的林怀兰是你什么人
你是他的贵人，还是他的情人
他与你在异国他乡出生入死的爱情
在鉴江流域谱写了多少传奇

鉴江千百年沉淀下来的沃土啊
深深地埋藏着稳村人多少鲜为人知的秘密：
一层辛酸，一层泪血
一层金子，一层文明
一层生态，一层生动的花香鸟语

　　注：林怀兰，传说中明末将番薯从越南引入吴川等地种植的传播者。

网鱼记

海在笑我。鱼也在笑我
甚至连一只被网上岸的螃蟹
也在取笑我

我脱光了衣服，走向大海
海泥拉着我：你难道不怕沉到海底？
我一手扶着自己，一手放着渔网
鱼儿从我的大腿间滑了过去

我肯定斗不过大海。斗一只小虾
应该没问题

渔网的功能，除了网鱼
就是给鱼儿当一会儿口罩
或者，陪我玩一会儿游戏

我用上了孙子兵法：声东击西

鱼儿上当吗？在没放网的地方，它上蹿下跳
向我喊话：有能耐到更宽阔的大海去
看谁网谁

翠湖上的海鸥

一片片，一粒粒，飘然而至
我被挤压，喘不过气

翠湖，一场特别的春雪
这温热的雪啊
这会眨眼睛的雪啊
这圣人一样的雪啊
这一页一页的美学
只能用热情解读

海棠花，不知天高地厚
裸露一身的春色
我自以为是的人性被冻结
在你面前，我是一只春天里的小害虫

我能奉献给你吗？海鸥！
这个春天，我只是你的看客

我的温暖永远融化不了你

因为，你比我更接近真理

母亲的端午节

母亲不认识屈原
但知道这一天他跳进了汨罗江
母亲不懂什么叫大诗人
但知道今天这个寻短见的人很冤屈

母亲也懂得
端午节来了，就得
上山摘艾草，插在门梢上
可以驱魔逆
割筋古叶，喝黄酒，做鸭蝐饭
吃了吉祥安康

母亲还懂得
这一天一定要过得闹腾
翻江倒海
一定要敲锣打鼓
一定要赶去河边江边

看龙舟赛，看哪一支龙舟队抢第一

母亲的这一天
一定是早早起床
去拜神，去祈福
不单单是为了自己，为了家人
更是为了今天这个诗神
他有太多的灾难
一定要给神送去鸭毑（粽子）
今天的神不懂水性
一定要给神送去艾草……

吃米长大

孩提时代，世界上最美味的东西
就是母亲从稻田里捡回来的稻穗
用手搓出来的谷粒，用石磨
磨出来的白花花的大米

母亲曾经用你来教我算术
一粒一粒地数，一粒一粒地加减乘除
一粒一粒地放在番薯的夹缝里
让灰头土脸的泥锅，开出一朵又一朵的米花

"百里西风禾黍香"，谁说你小呀
你其实比天大——
"妈妈，我要吃米饭！"为了米饭
我曾经哭哭啼啼、打打闹闹。母亲
为了米饭，曾经披星戴月、早出晚归
为了米饭，我更是三年寒窗
废寝忘食、闻鸡起舞

今天，香喷喷的大米饭却似乎在我们的生活中
慢慢让位给了土豆番薯，让位给了
山珍海味，让位给了面包西餐
堂堂华夏文明，一个最早种植水稻的民族
一个被大米养育了七千年的强大国度
如果把吃大米的历史抹去，中国大地上
还能有东方醒过来的雄狮猛龙吗

今天，让我们在雷州市松竹镇唐宅村见证：
稻花是如何在这片土地上绽放光芒的
我要亲眼看一看，凯越农业有限公司
是如何演绎种植黑糯米的神奇故事
我知道五谷丰登可以入对联，可以成为艺术家
最廉价的素材。用稻穗来插花
则是一件多么接地气的艺术品
用稻穗诗意的图案绣出的经典旗袍
更是一件件多么有韵味的审美大图

我知道，白花花的大米
可以变出诸多的美食美点
从白米到黑米，从淡水米到海水米

何爸红薯

第一次见到敏哥在红薯地里
他介绍说，我就是种了几十年红薯的
北坡何敏。大家都叫我红薯敏哥
一个天天埋在红土地里的红薯

第二次见到敏哥也是在红薯地里
他对着茫茫的红薯地说
这十万亩都是我的红薯
我就是这十万亩红薯的老板
在北坡，谁家种的红薯都叫何爸红薯
何爸就是红薯的爸爸

第三次见到敏哥还是在红薯地里
他手里捧着一摞红薯对我说
这是西瓜红，一天收一百吨
二块八毛一斤
拉到云南、四川、河南、上海、北京去

每天开十条机械化掘红薯队
都赶不过来……
敏哥，红薯。红薯，敏哥
敏哥的手机一响，北坡的土地里
每一个红薯都能为之一振！

第四次见到敏哥
在吴川稳村的红薯文化节上
敏哥站在舞台中央
身上披着"最美红薯人"的红色绶带
像红薯地里长出来的
一个北坡人种出来的红薯
腰板一挺，响当当

第五次见到敏哥在我的办公室里
敏哥对我说
他要设计一款"何爸红薯"包装
准备成立一个红薯公司
不久，北坡的盐碱地上
敏哥的儿子何浩
当上了红薯公司的董事长

四条勾鱼和三十八条黄刺骨鱼

刚好两网
一网四条勾鱼
一网三十八条黄刺骨鱼

瞳孔张这么大
一脸的恐惧和绝望
你们一定是来自山里
来自南山或者桃花源的深处

你们是怎么落网的呀
有人的地方，你们不懂设防吗
宁愿寂寞孤独一辈子
千万不要相信
外面的世界有多么的精彩

勾鱼啊，你这一身打扮
温文尔雅

清一色的天生丽质
人性的贪婪皆因你勾起
你若漏网
世界何时才会安静祥宁

黄刺骨鱼啊，你长得够油滑了吧
圆不溜秋的一双贼眼
怎么？你也被骗了？
你们不是很会伪装嘛
在大自然的眼皮底下，谁比你更能耐
认输了吧，对手就是奔着你们而来

成了人类的美味
这不怪你们
人类和你们的想法不一样
他们吃完了山外
才想到山里
你们一辈子生活在山里
才想去山外。谁都是拼了
为了各自的真理

坐高铁记

起点与终点，用一条长线连接
把电放在风里，我坐进线芯
大地来去匆匆，我若一粒子
龙游三维

听见风的足音，我比风跑得快
我扇起风的欲望
风太懒，我一甩手，让它永远
落后于我

云只是一朵头花而已
我才是大地的主角
站得太高了离开了地气
无论怎样改变走路的速度都赛不过我
单凭一种姿势就让云做我的风衣

四百公里走了三个小时

若竖起来，火箭发射的几分钟
这才是上天揽月的浪漫之旅

不是流浪。窗外的动漫
是地球在出演，我是观众。一杯茶
一个苹果，一块三明治，一段音乐
我在享受贵族的头等舱

清明，谁的天空不下雨

清明，除了天，就剩下地
除了地，就剩下雨
除了雨，就剩下思念

过去的年，过去的月，过去的日子
过去的时光，过去的分分秒秒

过去的物，过去的事，过去的人
过去的风景，过去的熟悉

过去的哭，过去的笑，过去的悲
过去的喜，过去的柴米油盐
过去的人间七情六欲

今天，我思念雨
只有雨可以穿越天，只有雨可以穿越地

只有雨可以润化思念的种子

只有雨可以安慰逝去的亡灵

擎雷书院

雷州不缺书院
平湖书院、怀坡书院、崇文书院、濬元书院
真武堂、莱泉书院、海康学宫……
可惜啊，我早错过进书院读书的年代

雷州也不缺读书人
文化名城是因为有文化才出了名

我昨天在白水沟水库的风景里
看到了一个人
他一手擎着厚厚的一本《雷震六合》
一手指着正在站起来的擎雷书院
我已经听到了读古诗的琅琅之声
还闻到了散装书的油墨香味

我坐在来仪亭上
欣赏到了一位雷州才子

他吹响了笛声，像一阵阵雷人雷语雷歌
"文曲于斯"，并非虚构

我是该停下来了，当我逛了一圈未来的书院
回到原点的时候
我竟忘了年代，我以为
苏东坡此时此刻正在雷州西湖的苏公亭里
大声朗诵：
大江东去，浪淘尽，千古风流人物……

读书人，不论时空
又在于斯矣

我为什么年轻

1

我学会站起来之后
就不再选择其他
一直地学做一棵树
一直地往年轻的方向挺拔

2

我一直想着树顶
一直拼命地向上
我渴望茂盛
沉迷绿叶与红花
我的天空，就是我的理想
我的太阳，就是我的年龄

3

我从不停顿生长
风雨吹打我的个性
日子叠起我的身高
即使离地数尺
影子长了，那只是光阴的事情

4

叶子褪不掉我的幼稚
花儿凋零不了我的童心
阳光晒不老我的岁月
我一直站着梦想，今天已经一百岁
我依然是一个青年

春鸟叽喳

院子里有几棵树，一个水池
一小块菜园子，和几朵无名的花
一批鸟来了，叽叽喳喳叫不停

有人说：这才叫春天
春天的一半就是鸟语
另一半才是花香

有人说：会叫的不一定懂得季节
有些鸟，春天叫了，夏天也叫
秋天、冬天都叫个不停

也有人说：一个林子里什么鸟都有
叫得最勤的，一般都是小鸟
大鸟一般不叫

我觉得：春天不会因为鸟叫了

它才会到来

没有鸟叫的地方

可能春天会更浓艳……

导　航

季节，挂在柚子树上

被一夜的寒风吹落

白头翁抖一下翅膀

啄起一地的果实

凋零的花，冻不黄的树叶

把四季捡起来

全都揉在发财树上

叽叽喳喳的乡间啊

披着冬装的百鸟

年关将至的村子

歌声中，新年的频道

已被母亲装在炊具上

开始堆柴烧火

袅袅娜娜的炊烟

开始向游子发出

回家的导航

黄花风铃

在春天里我知道缺什么
我只带来我的最美

我连我的衣服，都脱得干干净净
在赶往春天的路上
不能背负太多

我想把所有的风铃
一一系上
与春风这位歌者
一路歌唱

鲫 鱼

在冬天，我比不上南桥河里的
一条鲫鱼。我已穿上长袖
它仍如秋天，一丝不挂

鲫鱼不懂平衡，不知冷暖
河水发烫了，它以为自己情绪过度
河水冰凉了，它说，河啊，对不起
是我搅和了你的世界

如果我是一条鲫鱼，肯定比它聪明
夏天，装空调，吹风扇，树下纳凉
我要让河水保持最佳温度。冬天
买一个加热器，放在河水里，天天泡温泉

我为了温度，改变了温度
鲫鱼为了河水，顺从了河水

没有红绿灯的十字路口

每一个人的心里
只装着自己的方向

终于被无序堵住
各自抱怨
十字路口成了思想者的阵营
反省的人不多
没有人承认
自己是乱源里的一分子

立于十字路口中央的规则
只是暂时的泻药

李树不服老（外一首）

李树不服老，给土地
披了一身迎春花衣
讨了一个春姑娘，怀了一个新生命
给春天添了丁

春　路

分不清，雷州半岛上
浓浓的春路
哪一条是人行的
哪一条是季节走的
只知道
一条为了追赶春天
另一条被春天追赶

母亲也是一名诗家

我的诗意是母亲赋予的
每一个词汇，读音，节奏，韵律
都是母亲口对口教的

起承转合的写法
母亲用早起晚归来呼应
日月星辰是诗眼

母亲写了一辈子旧体诗
每一首都发表在孩子身上
我们是她的诗刊
她是我们的诗评家

我们也成了诗人
也在写一首新诗
接着母亲的起句，用母亲诗性的语言

母亲种豆角

母亲在庭院一隅
种豆角
埋下三十粒种子
冒芽二十八棵

拳头那么高了
母亲开始插豆角标
一棵苗，插一竹竿
母亲说，给它搭个舞台

我说，母亲筑的是一条扶手
豆角抓住它，扑哧扑哧地
拼命似的往上爬

每天早晚，母亲给豆角浇水
不时地还给它施肥

母亲天天蹲在这个舞台前

聆听豆角成长的故事

欣赏生命拔节的旋律

人造的季节

冬天被隔在门外
有些花草树木，依然面对寒冷
也许因有高度
城市的温度计有些夸张
地下地上两重天

寒风显瘦，孤独得只能与高楼
与那些不知冷的事物相怜
城市人太精明，兔子似的
遇见没有阳光，或者没有生气的日子
都躲在人造的季节里

在南方，想一场白雪
然后从夏天到冬天
然后从秋天到春天
然后一天从早到晚四季轮回

日历在这里翻得飞快

像川剧里的变脸

像电影里的情节

寒冬只在车厢与站台露出的部分

烧　陶

世界把你转了大半辈子

你把世界转了一圈又一圈

你把岁月转老了

岁月帮你转出了一个个圆溜溜的铜钱

你把泥土烧红了

岁月却把你烤黑了

生命之外

霍金的生命，随着他的《时间简史》
进入在他设置的黑洞里

人类认识宇宙的百分之五
他的预言，终于成就了他的归宿

他关闭了属丁人的四个器官
如今的霍金，是一个外星人

生活在一个完全的生命里，问号太多
一个地球，就一个问号
无论伽利略，还是爱因斯坦
一个问号，再加一个问号
如今，又加了一个问号
霍金之后，还有问号吗？

霍金去了，带着他的问号

用他超越生命的生命
用他修炼了七十六年的功夫
驾驭他自造的精神物质
奔向一个不可知的世界
继续他生命之外的研究

没了霍金的地球，我们开始反思：
人类多么渺小；在霍金的眼里
我们多么渺小；在霍金的哲学里
追求生命之内的一切，多么不值一提

如何获取生命之外的东西，是否
唯有像霍金，把生命的十分之七交出去
留下十分之三，是人非人地去幻想
摒弃现世的一切目之所及
也许，有这么一天
你我可在另一个星球与霍金同桌痛饮

注：以此短诗悼念刚离世的物理学家霍金。

声音留着与风声、雨声、
鸟声、蛙声合唱吧

我的话渐渐地短了
我的岁月，渐渐地拉长了

我曾经，为了说话
可以一天不吃饭
为了吃饭，我可以一天都在说话

现在，面对生活
我已无话可说

手机已经帮我说了
办事已经自动化了，用眼神
用手指，就可以把泰山移了

有人说，智者话少了
我说，生活好了，牢骚没了
日子简单了，光阴悠然了

我还用说话干吗。口水留着唱歌吧
声音留着与风声、雨声、鸟声、蛙声合唱吧

树，无路可走

脚太杂，路太多
各走自己的方向
各顾各的归程

树，无路可走
只好
白成风景

太公例外

都不是善者
造钩的人
也不怀好意

太公例外
自己造的钩
钓自己

我是谁的模特

一直想做
别人的模特
拼命地
我把别人当模特

模呀，仿呀
半辈子都活在模子里
我铸不出别人
也活不像自己

当有一天
发现有人把我当模特的时候
我告诉他
我也是一个粉丝

站在自己的舞台上
我想，当一回自己的模特

　　夸张地摆一个自我
　　再自拍一张原汁原味的自己

注：2018 年 7 月上海国际婚纱展有感。

夏天的另一种解释

与温度有关。越是高温
木菠萝的包，包得越厚
荔枝的脸，逼涨得越红
龙眼的形状，变得越圆润越光滑
芒果垂坠的重力，越是让人提心吊胆
唯有温度被误解成拦路的人
我为夏天正名：夏天是被成熟出卖了

一首诗

一粒诗的种子
埋在红土地里
然后有了根，有了嫩叶，有了绿色，和枝丫

一棵树就这么长大
长成了能够自己吸收阳光雨露养活自己的植物

成长了一首诗
一个生命不断往上挺立的主题
一节一节分行的句子

有序无序地
用声音，用节奏，用旋律
用灵魂的诗眼和着肉体的建筑
长成金字塔式的诗歌载体
让喜欢攀爬的，都抵达树顶

北　仔

这里为什么叫北仔？
从 1984 年的 8 月至今天
我一直弄不明白
我问了几十年，北仔人也
没有一个能说明白

我为什么会到北仔来？
因为我的父亲在纪家粮所工作
因为我的父亲认识纪家中学校长肖宏富
因为我在客路中学尖子班的成绩不好
因为我是从纪家中学考上了海康师范学校
因为我一直对别人说纪家是我的第二个故乡
因为北仔小学的校长陈学文看中了我
因为我的老同学杨赤是北仔那边的人
反正，一个与我毫不相干的地方
一所原与我没有任何关系的学校
我被分配到了北仔小学

我首先认识了北仔的海

然后才认识了北仔小学的大门

我首先认识了校园里一排排整整齐齐的木麻黄树

然后才认识了陈学文校长

我首先认识了周锦法老师

然后才认识了陈斌英老师，认识了黄兴老师

认识了陈悦老师，认识了周惠梅老师

认识了陈贵老师……

我首先认识了四年级（2）班的同学

然后才认识了四年级（1）班的同学，认识了五

年级同学，认识了三年级同学……

北仔小学有多大？

我至今也还没想出一个大概来

我只清楚，北仔小学的大门朝南

我只清楚，北仔小学的校园

里面一个天地，外面一个天地

似乎有围墙围着

又似乎没有围墙围着

反正，那时的我，二十岁的眼光

太虚，在这么一个偏僻的地方

看什么都迷迷糊糊……

北仔有多大？

我在北仔小学教了一年书

似乎北仔的每一条街都留下了我的足迹
又似乎北仔什么地方也没有我的足迹
我只记得，北仔的村名都带着方向
南边王，北边王
南边山，北边山
上周宅，下周宅
内村，外村……
我似乎读了半懂，北仔的人
面对着北部湾，面朝着大海
进进出出，日升日落
东面是二十里外的纪家墟
北面是十里外的江洪港
南面是包金圩……
东南西北，北仔人每一个方向
都有自己的亲人
都是自己的亲戚

我做了一年的北仔人
不论走到哪一个方向
都有认识邓老师的学生
都有邓老师认识的家长
"邓老师这么早来买菜了
今天的海子鱼新鲜
邓老师您要多少拿多少
不要钱……"
我天天趁北仔圩

温度是野生的

　　　　　我处处都能遇上叫我邓老师的北仔人

　　　　　北仔似乎也不很大
　　　　　一年的时间，我都走遍了
　　　　　北仔的每一个角落都没了角落
　　　　　我忘不了北仔的海滩，海滩边上的银沙
　　　　　沙里师生共筑的梦想
　　　　　我忘不了北仔的红砖瓦教室
　　　　　坑坑洼洼的地板，能看到星星的屋顶
　　　　　有黑蛇光顾的宿舍
　　　　　我忘不了学生陈静老远给我打来的热水
　　　　　陈脚来给我送来的柴火
　　　　　还有不留名的北仔的学生
　　　　　偷偷挂在木窗上的"咸鱼干"……
　　　　　我忘不了半夜里，戴着竹笠
　　　　　给我送来高考报名信息的周锦法老师
　　　　　我的半年同事，我一生的恩人……

　　　　　北仔，一个有方向的地方
　　　　　一个在我人生的始处
　　　　　让我认清东南西北的地方
　　　　　三十多年了，恍如昨天
　　　　　而昨天，一闪就已经三十多年……

后 记

　　"学诗有三节：其初不识好恶，连篇累牍，肆笔而成；既识羞愧，始生畏缩，成之极难；及其透彻，则七纵八横，信手拈来，头头是道矣。"（严羽《沧浪诗话》）

　　在出版第一本诗集《温暖不老》时，我从一千多首诗中挑选了一百多首，体会是：诗好写，好诗却不好写。现在这本《温度是野生的》，我从五百首诗中，淘汰了三百多首，只留下了一百八十首。依然感觉：诗不好写，写好诗更不容易……

　　如用严羽写诗"三节"理论来界定，我如今的诗歌创作水平，正从"其初"到"既识"迈进。我知道，要真正成为一名纯粹的诗人，除了多写，还必须"诗必兼才、学、识三者"（方东树《昭昧詹言》）。诚然，不论作诗，还是写散文、小说等，"才、学、识"都必须具备。我不可能三者兼而有之，即使有之，还存在一个高中低的等级。但并非要等到自己的"才、学、识"达到某种程度，我才能动笔作诗，才有资格当"诗人"。我喜欢写诗的初衷，不是为了要写出多好的诗，而是为了要多写诗才好！——这便是我创作《温度是野生的》的理由。

　　"诗歌是隐藏的艺术。"若用这句话来给自己这本诗集定论，似乎直抒胸臆的多，含蓄委婉的少，这也许是我今后写诗要克服的"短板"。而我则坚持诗歌应该面向大众，不能成为要用长篇幅的解读才能看懂的"曲高和寡"。

　　"看一个诗人读什么样的诗，对什么样的诗津津乐道，就大体上知道他在写什么样的诗了。"什么样的诗我都读，尤其是一些名家大家的，比如徐志摩、里尔克、纪伯伦、泰戈尔……他们的诗我百读不厌，但越读越觉得自己的诗不像诗，哈哈。而我的这本诗集有哪一首可以证明我写的诗和我读的诗有必然的联系？但愿有一点点珍贵的"蛛丝马迹"……

　　波兰著名诗人密茨凯维支说："诗人不仅要写，还要像自己写的那样去生活。"我是先"像诗那样生活"，才想到了写诗。所以，我的每一首诗里，每一首诗的每一个词语里，都充满着浓浓的生活气息。生活中的每一个生动的细节，都是我诗歌中的"诗眼"。我诗歌中的每一个哲思，都源自于生活中的切身体验。真情实感是我写诗歌的优点，也是我诗歌的"软肋"。我喜欢这种不完美，因为，我更在乎诗歌的内容之美、激情之美！

　　"写便条诗的人，自己就是一张便条。"这句话讲得好！虽然话中带着贬义，但也挺朴实。起码说明一个道理：文如其人，诗如其人。读一个人的诗，如果读不懂这个写诗的人，这些诗，要么不是这个人自己写的，要么就是模仿别人而来的。我手写我心，我诗表我意，这就是我为何用"温度"作书名的勇气和自信。谁不想做一个有温度、给人温暖的诗人呢？

　　写诗是为了像诗一样地去生活。这是多么美好的现实和理想。诗一样的生活需要我们用优美生动的诗歌语言去叙述、去赞美！我为何能坚持"每天一诗""我把生活当诗过""我的早茶"等等，都是我用诗歌迎接未来的激情！只要活着，追求诗意和诗意的追求，应该成为一个热爱生活的人义无反顾的选择！这也许比"名"起来更接地气！

"我把写诗当生活"，这句话有点夸张，但属于艺术的夸张。它源于我生活的一部分。不论身在何处，何时何种心情，我都喜欢用别人抽一支烟，喝一口酒，品一杯茶，甚至是在茶余饭后睡前醒后的一刹那，一时半会之间，灵感一来，我便在手机上，打开我的"有道云笔记"，沙沙沙地手写起来。半个钟内基本写成，接着发朋友圈，接着放松自己，接着干该干的其他事情。我的诗绝大部分都是这么诞生的，虽然来得匆促，但非常生态自然，没有任何装饰打扮化妆之嫌。

我的一部分记游诗，都是在旅途中写就。每到一处，我必做到，看名字，观景物，找历史，听故事……一切的准备皆为后面写诗做铺垫。往往是，风景还没看完，诗意的情感便涌上心头，诗句伴着匆匆的脚步，或者就在旅游车上，一首诗便呱呱坠地……这样写诗肯定很粗糙，但肯定最有"现场感"。比如，游台湾写的组诗、去珠海写的诗章、重游桂林故地写的诗篇、西江沿江写的组诗等，每一首诗都是亲身体验的"游后感"，地地道道的"存波诗"的味道。

评论家王双龙说："诗是活出来的，不是写出来的，活到什么份儿上就写到什么份儿上，生命的品质决定诗的成色。一个真正的诗人从来不会追问什么是诗，也不会思考怎么写诗，因为他本身就是诗，他把自己活成了诗。"人生如果真的能把生活当诗来过，那是人生之最高境界。走过了，花去的是时间和生命，留下的只有诗歌。这是何等悲壮的生活！《温度是野生的》只是我一千多个日日夜夜中，用自己的刀镌刻的一个个印记。

　　想起诗人马亭华对当代诗歌的一段发自内心的话："我常常探索意象之间的跳跃变化，将炽热的真情贯穿始终，并依赖一种强烈的音乐节奏、复杂的想象力和洞察力，创造出宏大而幻美的理想空间，从而置读者于全新的阅读快感和诡异意象的奔突中……"我的诗呢？"意象"肯定跳跃不高，"复杂的想象力和洞察力"肯定缺乏，至于"炽热的真情"，这一点我百分之百敢说，我对写诗就好像对热恋中的情人，一日不见，如隔三秋。

　　感谢岁月，没有它，我的灵魂无处安放；还要感谢陪伴我的人，没有他们，我的诗歌有骨无肉，有形无神；还要特别感谢在百忙中挤出时间给我这本诗集作序的湛江市作协副主席、湛江红土诗社社长墨心人（李陆明），还有参加过诗刊社第22届青春诗会、散文诗社第七、第十届全国散文诗笔会并获得过"国酒茅台杯"全国十佳散文诗人奖的诗人黄钺；感谢所有帮助过我出书的人，没有他们的辛勤付出和热情帮忙，我一个人，如何能够做得更好？一句话：感谢时代，感谢生活，感谢诗歌，一切的美好，现实也好，想象也好，都没有这个诗意浓浓的世界好！

邓存波

2022年2月22日于客路适园